文芸社セレクション

夢幻のような……パラレルワールド

山路 菫

YAMAJI Sumire

文芸社

目次

〈プロローグ〉

二〇五〇年代に近付くにつれて、人類はアンドロイドの進化によって様々な恩恵をこうむっていった。ヒトとヒトとの付き合いを面倒に思ったり苦手とするヒトビトに寄り添える良きパートナーとしての需要も増える一方であった。だが、ヒトとアンドロイドとの関係はやがて向き合わざるを得ない、これまでの人智では計り知れない驚愕の世界へと突き進まざるを得なかった。

ヒトはアンドロイドの進化によって、何を学ぶことになるのか?

二〇五〇年、しばらく観察し続けなければ、本物のヒトと見分けがつかないくらいのアンドロイドが、街角を闊歩していた。それは容姿ばかりではなく、触れると体温さえも感じられた。それに微笑んだり思案して見えたり、警戒する様子や驚き慌てるといった表情や動作まで、ヒトに近似してみえるようになった。

だが、アンドロイドと一括りにされ、外見は類似していたとしてもその機能や内部の構造は、製造元や値段によって相当に違いはあった。

十年ほど前までは、事務、重労働、ホームヘルパーのような仕事をこなすタイプと、愛玩用でマスコット的なタイプに分類されていた。それが徐々に両方を兼ねるように改良が進められてきていた。就業時は部下として仕事に励み、プライベートモードに切り替えれば、コンサートや、散歩、映画鑑賞などでエスコート役を務められるようにもなる。

ただし、どれも周囲の状況を読み取り、それに合わせた対応をするプログラムが組み込まれているだけであった。仕事と同様に社交辞令が上達して、肯いたり笑うことが自然にできるようになってきてはいる。だが、まだ心を持って自らの意志を示すという存在ではなかった。

ＡＩは、既に二十一世紀に入る前あたりから、チェス、将棋、囲碁のゲームなどで名人を負かすほどに、一部突出した能力を持つまでに至っている。専門分野でのデータ解析は格段に優れていて、ディープラーニングが組み込まれるようになってからというもの、各端末は先へ先へと進化している。便利で迅速に物事を推し進めることが可能である。そのために、この頃は色々な形で統合化が進められつつあった。

統合化と共にその中でのディープラーニングが進められていくために、もし、感情や意志を持つようになったアンドロイドが出現するとしたら、瞬く間に人の世は、ＡＩが支配する世の中に取って代わられるだろうと警鐘もならされていた。当然、ＡＩの暴走を食い止めるべく、倫理規定委員会なるものも組織されてはいた。

とはいっても、優秀なＡＩによって恩恵をこうむっている人々は、より人間に寄り添って便宜を図ってくれるアンドロイドの魅力に酔いしれていた。一般的に、アンドロイドは人間の意に沿わない危険な事態へは至らないように設計されていると信じられてもいた。そのために益々進化していくアンドロイドのデメリット部分に関しての警告はおざなりにされがちであった。敢えてマスメディアに取り上げられることは少なかった。寧ろ、危惧は余計な徒労であるとさえ思われていた。

そういった風潮の波に乗って、世の中の転覆を願うような輩によるアンドロイド開発への監視は緩みがちだった。AI開発に伴う危険性への配慮を唱える声に注目する人々は少数でしかない。警戒を促す具体的な対策は棚上げ状態となっていたのだった。

そのような折に、メーカーの中でも人間らしさを追求したアンドロイドの開発で定評のあるA社から、極めつけの自信作が発売された。

――アンドロイドCはヒト？　まさに天使？　弊社は良識と知性を兼ね備えた理想的なアンドロイドの追求に渾身を傾けて開発してまいりましたが、精巧な頭脳と共に、なんとついに〝真心〟を持つに至りました。A社発――というのがキャッチコピーであった。

アンドロイドCのソフトには工夫を凝らした統合型のディープラーニングが搭載されているのだという。そして、その画期的な進化を遂げたことによって、売れ筋のアンドロイドより二桁多いという法外な値段がついたらしいと、AI

ロボットに関心がある人々の間で話題になっていた。

第一章　谷田真守の選択

A社の「真心を持つに至った」というフレーズに、谷田真守は思わず目を輝かせた。ヒトの思いを解せるようなアンドロイド自体に興味関心があった真守にとっては、天啓を得た気持ちにさえなった。

早速、A社に打診してみてはどうか。もし万が一、真守の期待に沿うようであったら、従業員の役割をA社が誇る新型タイプのアンドロイドに置き換えてみては、という一つの賭けに出ようかと心が動いた。

真守は、すぐさまアンドロイドCのことで、A社に注文の問い合わせメールを送ってみた。すると、懇切丁寧で大げさとしか思えない文が連ねられて真守の下に返ってきた。

「谷田真守さまがご購入されます折は、谷田様の年代のベストセラー図書ランキング１０００にて、好ましく思われます読み物へのチェックと同時に、電磁波式エゴグラム性格診断、谷田様が感動されました12編の小説、戯曲、または映画の題名を御記入いただくことになります。大変ご面倒とは存じますが、12編の小説、戯曲、映画の欄は全て空欄がないように埋め尽くされますことを推奨致します。できますことなら、ジャンルごとにご覧になられました順番にご記入くださいますれば、よりご注文のご期待に沿うべき、単に明晰なる頭脳のみではなく、ご注文者様が正しく望まれますような知性と感性を基調と致しましたアンドロイドCが誕生することでしょう。尚、御記載いただきました情報資料はアルゴリズムの解析によって、谷田様専属のアンドロイドC女性タイプ（或いは男性タイプ）としてプランニングされて生み出されます」

アンドロイドCはヒトのように誕生からの成長過程を経て、希望の年齢に至る生育歴の記憶を有しているとのこと。そこから、明晰な頭脳と繊細な心が起動する。まさに人間的なコンテンツを兼ね備えているという触れ込みである。その持ち主が好む書物や、戯曲、映画の集大成から人間的嗜好が推し図られ、その傾向から抽出された善意と気品を持つ仕上がりになるという。説明文の通りであるなら、日常の習慣や多くの価値観のイメージを共有できるかもしれない。

とすればアンドロイドCとの相性は何よりの信頼関係を構築できることになる。

［本体は精巧な上に、寿命は二百五十年はもたせられるくらい堅牢に作られております。故にご不要となりませんかぎり、持ち主となられました方の生体認証が認められなくなりました折、即ちご寿命までを保証期間とさせていただきます。

まずは、アンドロイドC……との出会いは、希望する夢のような素晴らしい、思い出作りへと結びつく場所から始めますのが最良と、当社は確信しておりま す……。］

いよいよ購入の申し込みへと進むと、A社からエゴグラム診断とチェックリスト、そして仕様説明のメールが本体より前に送信されてきた。それには、臓器が人工物に置き換えられてはいても、構造自体が人間の脳細胞、神経系統の伝達や血液、筋肉の役割に該当するような仕組みが効率よく取り入れられているという説明がなされていた。

ＡＩとしての優れた性能が兼ね備えられているので、ＡＩのディープラーニングが進むことにより、やがて、仕事はヒトの意に沿った形で、驚くほどの性能を発揮してスピードアップしていくであろう。貢献度は高くなる一方なので、一生を支えてくれるよき伴侶、よき相談相手となるアンドロイドと思って間違いない、という内容が明記されていた。

［尚、アンドロイドCはモラルを尊び、人間的な心を持つに至りますので、その本体を損なうようないかなる暴力的行為、極端な暴言はくれぐれもご容赦頂きたく、この旨を受諾されますことで、売買契約の成立とさせていただきます……。］と所持する側への配慮や規制も設けられていた。その本体を故意に損傷すれば、回収されて賠償金請求が生じることもあるという。アンドロイドCは心ある存在として扱われているように思われた。

勿論、購入を希望する本人が異常性格者であると申告するわけがない。購入希望者に対しては、A社直属の調査機関によって総合的な審査があるという。身上書添付や購入者に実施されるエゴグラム性格診断は、その本人の精神状態を測るために使われたりもするのだろうか。精巧なアンドロイドCを手に入れるのは、いい加減な購入希望者だと門前払いを食わされそうだった。

それにしても大げさである。たとえ高い業績を誇る大手メーカーのA社発であっても、「まさに天使？　明晰な頭脳と繊細な心が躍動するアンドロイド」とは、あまりに誇大宣伝ではないのか。真守は、A社のコピーを鵜呑みにしたわけではなかった。あくまでもアンドロイド製品なのだ。

たとえアルゴリズムが応用されて性格が形成されていくとあっても、映画や物語のエッセンスが混ぜ合わされ統合されたアンドロイドの言葉は、単に蓄積されたそのイメージをマニュアル化したところから発せられるだけかもしれない。ヒトの心の深層にまで到達して意志を伝えるなど、真守には到底思えなかった。

それを、まるでヒトに対するように出会いの場まで設定して、しかも繊細な心という言葉が人間ではないアンドロイドに対して使われている。いったい、人そのものをどのように定義して、その言葉が出てきたのか？　アンドロイドに繊細な心が躍動すると言い切ったA社の真意はどのくらいのものだろうか。アンドロイドにヒトのような思いが生じるだなんてまさかね。そう思いながらも真守の戯れ心が触発された。

もし、仮に、購入したアンドロイドが、人工的とは思えない所作と美声で絶妙な会話をしたとしよう。そのデータ解析は見事であり、ヒトが求めたがっている疑問やニーズに対して、スキがなく即座に対応できたとして、模範的と思える解答が得られる程度の進歩だったとしたら期待外れである。なにしろ二桁ゼロの多い値段なのだから。真守は、値段に見合わないと思ったら、即、クレームと共に返品するつもりだった。

会社の利益を考えての注文でもある。お試し期間が設けられているのは確かなのかと、真守は、Ａ社に念押しの問い合わせをした。

Ａ社からは「お試し期間は当然設けてございます。しかも、ご説明の項にも記載されておりますように、クーリングオフ期間は通常より倍も長めとなっております」と即座に返答がきたので、アンドロイドＣは相当な自信作であるのに違いないと、真守の胸は高鳴った。

三十歳の谷田真守（たにだまもる）は、学生の頃から新しい工業化学素材の技術開発に携わってきた。真守の作った会社の従業員は、男性社員一人である。後は、アンドロイドがそれぞれのパーツの役割を担っていた。

相棒を務めてくれていたその男性社員、三林が結婚を機に、伴侶と沖縄で新しい事業を立ち上げるので独立したいと、退職を申し入れてきていた。だが、新たに真守の助手として人を雇い入れて、これまで三林が請け負ってきたパーツを伝授していくのは至難の業である。精確さのみではなく、その折の化学変化に着目しながら材質を検討していかなくてはならない。身につけた直感力、絶妙な勘を働かせて編み出していく分野である。

三林は鉱物マニアとして並々ならぬ知識を持っていた。新素材開発に対して、真守と阿吽の理解の下に進められる相棒であった。その三林の代わりを務めるのに、これればかりは従来タイプの分析を担当するアンドロイドを二体、否、たとえ三体増やしたとしても力不足となってしまう。それこそ、先行きの事業に展望が期待できなくなるのが目に見えていた。第一に真守の気ままなペースに対して、従順に辛抱強く合わせられる優秀な人材は中々見つかりそうになかった。

ただもっとも、従来のアンドロイドでも機転や閃きを望めないところを除けば、精度を高める点においてまだ、かなり有益な効果はあった。これまでパーツ別のアンドロイドを導入してからというもの各パートでは功を奏していた。当分の間は、従来のアンドロイドで困ることはない。だが、今のペースでは、やがて会社は傾いていくにちがいない。

アンドロイドCはディープラーニングによって、どれほどの万能感を示してくれるのだろうか。

アンドロイドCに備わったデータ解析を今、この目にできたら！　その高知能によって直感力のある技術者に匹敵するような思考力や判断力を修得していけるか、およそ推測できるのだが――。真守はアンドロイドC独自の直観力を思い、その期待感で胸は膨れ上がった。

それにしてもA社がいう、モラルを尊び、人間的なコンテンツを持つというのはどのようなことなのか？　暴力だけではなく、暴言を口にすることも慎むようにただし書きさえある。アンドロイドCの心の痛みを覚える存在であるということへの配慮に思える。天使のような心とはいったい？　それは、アンドロイドCが真摯で繊細な心根を持つと解釈していいものなのか、真守は首をひねった。

もしかして、マニュアル化されたきめ細やかな道徳観が巧妙な形で回路に組み込まれているだけだとか。単にそこから反応が用意されているということなのでは――。心に痛みを本当に受けるのと、受けたように演じるのとは、外からは同じように見えたとしても根本的には全く違う。

もし、辛く思う心や躍動する心があるのが本当であれば、それはまさしく感情そのものが芽生えていることになる。本当に思いというものがアンドロイドCに宿っているのだとしたら――アンドロイドCは喜怒哀楽を伴った存在であるのであろう。真守はA社の天使のような心という文言に、何ものにも増して心惹かれた。

真守が大学へ入る時点で、父親から何をしたくて大学の工学部を目指したのかと尋ねられた。真守は、高校卒業の頃から、既に自らの新事業を立ち上げたいという計画を胸に描いていた。真守は起業へ強い意欲があることを思い切って、父、谷田雄一に伝えてみた。

その希望は予想外に早く、父雄一から叶えられた。大学院進学時には雄一から既に生前贈与を受け取ったのだった。そして、真守はその贈与金を資金にして、大学院修士課程在学中に起業をスタートさせていた。

父の雄一と別々に住むようになって、かれこれ七年が経過していた。これまでは、大した儲けまでには至らなかったとはいえ、真守はマイナスに転じさせることもなく事業を展開してきた。

だが、もしアンドロイドCを購入するとしたら、親から譲り受けた残りの財産を失いかねない出費となる。正に会社の命運をも左右する莫大な投資であった。実際にはどれだけアンドロイドCが会社の役に立つものなのかわからない。そのことからも、購入する件を雄一にすぐには伝え難い気がしていた。

真守がむこうみずにも購入しようと思い立ったのは、優秀な従業員の補充がきっかけであった。とはいえ、何よりも、アンドロイドの進化に並々ならぬ興味と好奇心を持っていたことによる。真守は幸いにして独身でそこそこの資産家のひとり息子として、既に生前贈与を受けている。それに、冒険心や探究心で心が動かされても、真守には金銭にさほどの執着心はなかった。購入への思いは膨らむ一方であった。

真守にとって、雄一との親子関係が信頼という絆で結ばれている自信はなかった。父親である雄一に何かと世話を焼いてもらいながらぬくぬくと育ってきたのは確かであった。だが、雄一から早い時期にかなりの財産を生前贈与として受けられたのは、いち早く子離れをしたいという欲求が、父の雄一にあったからではないのか。真守はそう思い込んでいた。そのために、雄一から大金を譲り受けたというのに、真守は僻み心をも持っていたのだった。

自分のことを最早、誰も親身に思ってくれはしないとしたら？　その切ないモヤモヤした気持ちのやり場にいつまでも途方に暮れる方が馬鹿げている。真守は、何が何でもやってみたいと欲していたものが、たとえうまくいかなくても、その負い目は自分の身に降りかかるだけである。真守は誰にも負債からの迷惑を掛けないですむ。自分のやりたいことにお金を注ぎ込むのは理に適っているのではないだろうか。その身軽さこそが今の自分の財産だと思った。

真守が中学へ進学したあたりから、たったふたりだけの家族だというのに、行先を告げない雄一の外出が増えていった。父の雄一は何を考えているのか、これまでより口も重たくなり、息子の真守といえども立ち入り難い様相をしてみえることが時折あった。

　それはもしかして、父親が母親以外の誰かに恋をしているからなのか。それは、あり得ないことだ。真守はそんなふうに勘繰る気には毛頭なれずにいた。そもそも女性という名のつく存在に対して、雄一は冷淡で、無視でもするかのような態度をとるところしか目にしたことがない。

　第一に雄一は服装にかまけることはなく、無精ひげは生やし放題にしている。真守と同様に、父の雄一もやや小柄ではあったが、肩幅がより広く図体ががっしりとしていて、太い眉毛の下にあるギョロッとした目を光らせ、ぶっきらぼうにものをいう。その父親に対して、物怖じしないで快く応対してくれる女性など、まずいそうには思えなかった。

　真守自身、女性が男性とは全く違った生き物に見えて苦手意識を持っていた。それは多分に父親である雄一の影響を受け継いでいるからだと思っていた。

　そして、真守自身、十三歳を過ぎたあたりから、自分の興味があることに没頭しがちになっていた。父雄一と真守は、互いに必要とする時には、婉曲なものいいで核心を匂わす会話をするものの、普段は、空気のような存在であった。お互いに無愛想であったため、これといった会話もない。

真守が大学院修士の進学へと向かう時に、雄一はあっさりと生前贈与の手続きを進めて「これでお前の面倒を見なくて済むな」と、真守を突き放すようにした。そして、半年後には、九州に住む友人の元へと雄一は飛び立って行ってしまったのだ。

父の雄一は元々シャイなところがあった。相手に面と向かって率直に優しい言葉をかけることをしない。とはいえ、「これでお前の面倒を見なくて済むな」という言葉はいささか真守には堪えていた。独立していく息子に対して、雄一特有の餞の言葉なんだと真守は思おうとするものの、この物言いは度を越えている気がして、胸にキリリと突き刺さったままであった。

真守自身、最近の父親を気遣う思い遣りが今一つ足りなかった後ろめたさもあるにはある。父親は無愛想とはいえ、真守の興味を持つことに対しては、子供の頃から何かとヒントを与えてくれたり、後方で支援してくれる存在であった。

ところが、そのただ一人の家族でもある父雄一があまりに潔く真守の元を去っていったので、真守に何か告げられないような秘密を抱えているようにさえ思えた。真守は雄一から体よく追い払われてしまったのではないかと、ふとそんな思いに駆られることがあった。

だが、アンドロイドC購入というお金の使い途に対して、額が額だけに、真守を置き去りにするようにして出ていった雄一も気にするのではないだろうか。「お前にくれてやったのだから、その金をどう使おうとお前の勝手だ」とたとえ雄一がいったとしても、この投資は経営者としてあまりに無防備だと思われるに違いない。まだ将来性が見極められたわけではない。常識的には考えられないような法外な値段のロボットを、息子が購入するのを知った時の、父雄一の思いを真守は見通せないでいた。ただ、雄一の情けなさそうな顔を決して見たくはなかった。

それでも、真守のＡＩの進歩に対する疑念が強かったともいえる。人智の及ばないような人工知能が、いつなん時、主導権を持つようにならないとも限らない。その暁には人の思惑なんかお構いなしにＡＩの能力は人間の知力の及ばないところへと飛び越えていき、世の中を瞬く間に凌駕していくにちがいない。もし、そのような事態へと向かう兆しがみえてきたとしたら、アンドロイドがのっぴきならない存在と化していく時間は思いの外、早まっていきはしないか。人間はいい具合にコントロールされていく。いや、合理化のためにヒトを排除していくことだってこの先起こりうると、真守が考えれば考えるほど悩ましい未来が立ち塞がってみえた。会社経営や対人関係などの生活環境よりもそのことが一番気懸りなことであった。

世間的視野からは無謀な出費と思われるかもしれない。そして、ＡＩの加速度的な進歩を思うと、一介の真守個人のＡＩへの警戒感など、最早、なんの意味をなすものではないとも思っている。最早、遅すぎて間に合わないのに違いない。だが、ＡＩが超速の進歩で独走していく恐ろしさを予感しながら、ただ指をくわえて見ている気にはなれなかった。人間がＡＩに威圧されていく前に、少しでもＡＩとの共存への道の可能性を手繰っていきたい。

アンドロイドＣの性能が未知数なため、ヒトと連携することによって技術的センスがどれほどの可能性を生み出せていけるのかもわからない。それでも試さずにはいられない思いの方が勝っている。世間や唯一人の家族である雄一には絶対に知られない旨を購入の条件に入れて、真守はA社から了承を取った。

真守が人工知能によって、人類が滅び去るのではという恐怖心を持つに至った発端にはヒトの生と死を隔てる絶望感があった。

まだものごころのついていない赤ん坊の時に母親を亡くした真守にとって、祖父母の添田恵吾と妙子のふたりは唯一の心のオアシスにも匹敵する存在であった。一年に一ヵ月の滞在の間、祖父母から、真守のひとり取り残されているような淋しさを優しく受け止めてもらえた。日頃のありとあらゆる真守の愚痴や不満は、皮肉と温かみの入った冗談によって搦め取られ、慰められ励ましてもらえた。そして、いつの間にか、真守の知らない未知の世界や色々な夢の世界へと会話が誘導されていった。その二人が、この世から姿を消してしまったという事実は、何年経とうが埋め合わせのできるものではなかった。

当たり前のように存在していた祖父母と現実世界で会うことができなくなってから、かれこれ十七年という歳月が流れていた。普段、常に思い出したりしなくなったとはいえ、最早、彼らとこの世で会うことはできない。双方の思いはすっかり閉ざされてしまったことを納得しようにも、未だにどうしても合点がいかなかった。また、誰よりも愛しく思っている友人として、再会する日を夢見てきた瀬戸友里恵の死も、信じ難かった。しかもこの世を去って十六年も経っていたことに衝撃を覚えていた。それこそ生きている心地などしなくなるほど、真守自身がまったく希望を見失ってしまったような息苦しさを数年間も味わい続けた。

突然、死が訪れて、先がまったく断ち切られてしまうヒトの死は理不尽そのものにしか思えない。真守は納得がいかず、霊魂の存在について書かれた人文書や科学の本を漁り続けた。だが、核心に触れるものはないかと本を探せば探すほど、霊魂の存在は不確かなものに思えていくようで、そこからは何も見いだせないでいた。

やはりヒトは亡くなってしまえば終わりということなのか——。完全に生きているヒトとは無縁な滅びの存在となっていくのだろうか？　唯一、夢の中で祖父母である恵吾と妙子の幻影に会えた気持ちを覚えたことはあった。夢の中で、そのヒトと思しき虚像に稀に会えることもあるのかもしれない。だが、母麗佳や友里恵にはいまだに会えずにいる。望めば会えるわけではない。とすれば、夢を期待することにどれだけの意味があるのだろうか？

その上、人は誰であろうが、そういった死という闇の世界へと向かわざるを得ない。死が無そのものであるとしたら、真守とて生前の意識とか思考が雲散霧消してやがて無となってしまうのだ。それは、母麗佳、亡くなってしまった恵吾や妙子、友里恵を偲ぶ自分さえいなくなってしまうことを意味していた。

そうだとするとまさしく悪夢にも思えた。

たとえ自分の身体が死に瀕して滅び去っていくとしても、魂に当たる自身の思考回路と愛すべきヒトの原形像だけはずっと生き続けられるような、何か自己保存の手立てがないものか。真守は自分の懐かしい記憶を保持している意識の喪失を畏れた。そのことから、やがて真守は、人工知能に自分の思考概念をコピーできはしないかということを考え始めた。

とはいえ、それは願望の域をまだ出ることもなく、真守は、ひたすらもっと確実な自己保存があったらお目にかかりたいものだと考えつづけた。

そして、もし、これが人間ではなく、人工知能自体が自己保存を目的とするようになっていったとしたら、という仮説に行き当たった。自己保存への真守の憧れを考えているうちに、真守はいつの間にか進化している人工知能自体が、自己保存させるシステムを推進するようになっていったらという懸念へと転化していったのだった。

恐ろしいことに、人工知能であれば、ヒトのように感情を持たないままで成し遂げられる。その時、その折に生じる気分によって決断に迷うことなど、AIには決してない。進化と合理化というキーワードを旨に体制を整えていくだけで済んでしまうのだ。まさにあっという間に、ハイスピードで余分なものを排除していくことが成し遂げられていくであろう。AIは将棋やチェスの名人といわれるヒトと同等、もしくはその先の先の先……の手まで瞬時に読みこんでしまうほどに長けている。合理化というスローガンのもとに一気呵成で世界はその方向へと整えられていってしまうに違いない。

ところが、世の中は今のところ、優秀なAIによって恩恵をこうむっていることから、よりヒトに近付きつつあるアンドロイドの可能性をヒトは望み歓迎している。AIの知恵と体力は、優れものの便利な道具とのみ多くのヒトビトは思っていそうである。

そんな風潮があり、一方には、いつの世にも征服を目論む独裁者的思考を持っているヒトビトも存在している。その手合いの者たちはＡＩに掛けられている規制などお構いなしに破って、世界に脅威を与えるような強力な武器としてのアンドロイドの研究に余念がないのかもしれない。

だが、もし、人工知能そのものがいつの日にか、自己保存のシステムをＡＩが自身に当てはめていくようになっていくとしたら――。邪まな人間の力を介して、いつの間にか、自己保存を手にしてしまったら――。ＡＩを利用して世界を掌中に収めようと目論んだ連中さえも、やがてＡＩの合理化のために容赦なく排除されていくだろう。それなのにそこまで考え及ばないで、最大限に人工知能の開発を推し進めていく者もいるに違いない。

万が一、ＡＩが自己保存の欲求に目覚めていったら、どのようなことが起こるのか？　統合化が進んで、より高機能を備えつつある感情を持たないＡＩに、ヒトはどのような存在として映るのだろうか？　と真守は考え始めると、そこから人類そのものが消滅の運命を辿っていくであろう方向性が目に見えてくる気がした。

何事にもまず第一に合理性を求めるＡＩだとしたら、やがて、ほとんどのヒトビトを阻害する存在と捉えていくのではないだろうか。人工知能が専ら進歩を目標とすれば、ヒトの良心にあたるものの存在など、敬われはしない。気まぐれで個人的なところもあるヒトの心は、寧ろ合理化を阻害する産物とも捉えられかねない。ヒトは単なる実験媒体のサンプルとしてしか扱われなくなってしまうのではと、真守は危機感を募らせていた。

なぜ、ヒトビトはヒトが排除されていくという可能性を、ＳＦの世界の中でしか捉えることをしないのか。本気になって恐れないのが不思議にさえ思える。ＡＩがヒトを征服していく世の中など、実際にはあり得ないと大方のヒトは思っていそうだ。そう思うことによって、ＡＩの飽くなき発達へ想像を廻らしてみないことが歯がゆくも感じられていた。

人工知能の進化がヒトの手に負えなくならないうちに、合理化へと向かうＡＩに対して利用の規制を慎重に検討していくべきではないか。ＡＩの進化にもっと注目するべきである。ＡＩの機能とヒトとの共存をベースにした方向性を考えることなく、進化していくのをただ、なす術もなく野放しにすることがどれだけ恐ろしいことか――。

　真守と同じような考えを持つヒトビトもいないわけではないが、思いの外、まだまだ少数な気がした。真守は科学雑誌の投稿欄を通じて呼びかけを試みたりはするものの、反響の感触は乏しかった。

　将来、ＡＩがヒトに対して脅威を与える存在となってヒトに立ちはだかる前にどうにか手立てを考えられないものか。今でもまだ間に合うだろうか。より多くのヒトビトが、規制を設けないまま進化を遂げていくＡＩの恐ろしさに気付くようになっていけば、予防する手段が今よりも本格的に検討されていくのに違いない。そのためにも具体的な形で警告出来ないものか。真守のその思い込みは堅固なものであった。

　今現在、一般のヒトビトでも求められる最高水準のアンドロイドは、今回どのくらい進歩したものか。そのアンドロイドＣを通して、人工知能と共存が望めるような理想的な関係への道を考えていくことができないだろうか？　実際に最新のアンドロイドＣに望みを託して、身近で接してみることは無駄ではないと真守は思った。そのリアル体験を元に、これからのＡＩとの共存の道筋を考えてみることは大事なことではないのか。ただし、それに取り組むアンドロイドがかなり優秀でなければ意味を成さない。

とはいえ、最新のアンドロイドＣは高額なため、企業或いは、余程の好奇心で突き動かされないか、金銭に余裕がある者しか、手にしがたい。手にした企業やヒトによって、天使の心を持ったアンドロイドＣはいつしか歪められ変形していくことはないだろうか。情緒性をアンドロイドＣが解すのをヒトが認めていくことが、いい結果をもたらすだけとも言い難い。ヒトの反応も様々である。かえって混乱が生じて、取り返しの付かない世界を創り上げてしまう第一歩となっていきはしないか、とも考える。

真守の思い込みは、独りよがりの捕らぬ狸の皮算用で終わってしまうのかもしれない。財産さえも失って、たとえ夢に描くように貢献できないにしても、ヒトの世の繁栄を願ってのことなのだから仕方がないという、太平楽な気分で臨んだ真守。道楽息子の分際だからこそできる試みであるのかもしれなかった。

Ａ社が誇るアンドロイドＣは、ヒトの良心のような感情を持つようになることを目指して作られているという。もし、そうだとしたら、どのくらいヒトの繊細な感情が芽生えているものなのか。その好奇心が何よりも真守を後押ししていたのだった。

自宅兼仕事場で、既に社員と家政婦の役割を務めてくれるアンドロイド四体を真守は使っていた。とはいえ、旧式の実務用に設計されたものである。接客と家事など様々な雑用をこなすアンドロイドと真守が立ち上げたベンチャー企業の作業用アンドロイドで三体、事務的処理が一体という具合であった。

これら従来型のアンドロイドは、気の利いた感情表現の言葉は組み込まれてはいても、そこには感情が入っているわけではない。ヒトの表情を読み取る仕組みは簡単だった。まず相手の眉間と目付き、口元が怒りを表しているか穏やかか、アンドロイドに設置されたマイクロカメラが感知し読み取る。それから、相手の言葉運びが察知されると問答集ソフトが駆動して、その場に見合ってそうな受け答えが用意されるのだった。

アンドロイドは、武骨な機械として場所を占めることなく、おしとやかな人間的容姿と動作で仕事をこなしてくれてはいた。だが、チャーミングで魅力的な容姿や、人工的ではあるけれど、美しいトーンの声による感じのいい受け答えに感心するのがせいぜい関の山であった。

第二章　谷田真守の生い立ち

真守が、人間的対応ができるような男性型ではなく女性型のアンドロイドの採用に傾いた理由には、生身の女性との接触が中々受け付けられなかったということがあった。異性に惹かれる気持ちがないわけではない。ただ、これまで接してきた生身の大概の女性にいい印象が持てなかったことに由来していた。

母親と小学校の同級生だった一人の女の子を除いて、拒絶反応が起きるようになったのは、真守が小学校に入学した頃に女子生徒達のからかいの対象にされたという洗礼を受けたことによる。背が低くて乳歯が五本も抜けていたことから、クラスの女子たちに思いっきり弄られた。「ゴブリン」とかいう変てこなあだ名をつけられて、背中をバシバシ叩かれたり小突かれたことまでさかのぼった。

B組で、真守は男子の間では図鑑ヲタクに思われていたことから、「ハカセ」と呼ばれていた。「ハカセ」と呼ばれて悪い気はしなかったものの、男子からも頑固で変わり者に思われていたのは確かだった。この「ハカセ」というあだ名は、特別に頭脳明晰ですべてに優れているために付けられたというわけではなかった。頭はよくても父親による偏向教育のために知識は偏(かたよ)ってもいた。だが、女子たちが真守につけた「ゴブリン」に対して、男子がつけた「ハカセ」というあだ名の方が、真守には数倍も数十倍もマシに思えた。クラスメートの男子にとっては、女子の言葉の暴力に対抗し、痛快感を得るには「ハカセ」の存在が功を奏していた。その上、「ハカセ、わかったよ」という男子のひとことによって真守の屁理屈の暴走を食い止めることもできたのだった。

　真守は「女子には別に言うことなんかないんじゃないか」とか、たまたま男子が提案した意見に反対する女子がいると「チェッ、何でも反対すんのな。面倒くさいの」などと、ひとこと付け加えるところがあった。女性嫌いの父親が、女性を目の前にすると不愛想な顔になるのを真守はよく目にしていて、その影響もあった。

　男子たちは真守が女子を毛嫌いするのを面白そうに聞いていて、よく賛同したりはするが、その男子からも、実は真守が頑なすぎると思われて別格の扱いを受けていた。男子からもおかしがられていたのに、女子に対して被害者意識が強く働いていたこともあって、真守はその特別待遇をあまり気にもとめずにいた。

　真守にとって運が悪いことに、小学校の六年間を通して担任の教師はすべて苦手に思えるタイプの女性であった。担任の教師が皆女性だったのは、真守は父親に育てられていることから、学校側の特別な配慮によるらしいと真守はクラスメートの戸田から耳打ちされたことがあった。親がそういっていたのだと聞いて、真守はそうだとしたら余計なお世話だと学校の配慮に腹を立てた。

　入学した新一年生の時の担任は、男子生徒達からはまるで意地悪な女子生徒たちのお手本のようにみられていた。「男の児は鍛えなくてはね」といいつつ、かまいすぎてしまうところで評判が悪かった。決してクラスの女子も担任の教師も悪気をもって真守や男子をかまうわけではないと思い直していくより、真守にとって生理的な拒否反応の方が先に立っていた。三年生から四年生まで担任になった教師は、合唱コンクール、学芸会、クラス単位の討論発表などの行事で、生徒の意向を汲むといいながら、結局は、より立派に見えるようにしたいという観点から、教師の原案をすべて生徒の発案として披露するように進めた。そのキンキン声は生徒の発言を押さえつける威力を持っていた。五、六年生の時の担任の女教師は、いくら成績が良くても態度が悪ければ評価も悪くするというのが口癖だった。そして細々とした禁止事項や規則を作って生徒に姿勢を正すことを求めた。

北東アジアでは、五年前に国々の利権問題や民族・移民問題から端を発して、どこの国でも戦争に巻き込まれかねない、きな臭い動きに見舞われていた。その影響によって、教師による生徒への指導が高圧的になってきていたということもあった。

隣のA組のいじめ騒動で、教師一同が緊急に体育館に招集されて、一時、職員室が空になったことがあった。たまたま職員室近くの廊下を通りかかっていた、教師間でいたずら好きのお調子者とマークされていた中山が、クラス担任が最後にあわてて飛び出していくのを目にするや否や、職員室に飛び込んだ。

そして、担任の机の上の開きっぱなしのパソコンをタップした。ファイルにはB組生徒全員の指導要録草稿が記録されていた。

　ピロロという、ポケットに入るミニロボット型のスマホによって、そのファイルは即座に悪ガキ呼ばわりされている中山の手で写し撮られていた。記録されていた指導要録草稿は男子間でコピー化された。真守が目にしたのは友人の大野が中山のスマホからコピーしたものだった。皆、ロクなことしか記されていないと思った。

「谷田真守――独創性があるともいえるが、思い込みが激しく先走りがち。協調性に欠けるため、基本から逸脱する傾向が強い。独(ひと)りよがりなところは要注意。集団の一員としての達成感、統率力を身につけさせることが課題。戸田翼――忘れ物が多く、授業態度が散漫である。授業と関係のないことへは反応が速く……」等と記載されていた。

（ナニ、これ？　こんな見方をされていたなんて、滅茶うざい）

　真守は、ネコ撫で声でその担任の教師から「ねえ、谷田君、本ばかり読んでないで、もっとみんなと交わろうよ。そうすると君はもっと大きくなれるよ」

と、耳打ちされたことを思い出していた。交わろうってどういうことだよ。大きくなれるってなんだよ。大きなお世話だよ。交わりたい時は僕だって交わっているよと、真守は思ったのだった。

「でも、大野くん、ミスター中山ってかなり素早いんだね。よく担任のパソコンを開くことができたっていうかさぁ」

「ヘ～ェ、ハカセそんなのわかんないの？　ハカセって自分の趣味に走り過ぎて、みんながどんな思いでいるかなんて気がつかないとこがあるからなあ。ミスター中山は、いつか担任の指導要録みてやるからって言い続けてたんだよ。その念願が叶ったってことだよ。フフ、それにあの先生、結構せっかちな上にめんどうくさがりやで、しかも、ひけらかしが好きな性格じゃん。いつも自分がみんなに目を光らせているって注目されていたいみたいだし」

「あの担任は確かにそうだよ。そのことではなくて、ミスター中山がそれを即座に実行に移したこと自体に感心したんだよ」

負けず嫌いの真守がそう反論すると、友人の大野はニヤニヤ笑いをして「ハイハイ」といった。指導要録草稿のコピーを目にしてからというもの、女教師に対して真守の不信感は募る一方だった。

真守が女性で好感や憧(あこが)れを描き続けていたのは母方の祖母の妙子と、三歳の時に家族で行ったパラオの海で大波にさらわれて溺死してしまった母親麗佳のイメージであり、小学校の同級生の瀬戸友里恵だけだった。だが、母の麗佳のことは、真守を抱きしめてくれた時の面影がかすかに夢か幻のように記憶に残っているのみだった。真守は、女子同士で身を寄せ合ってヒトの悪口などを口にしたりしない友里恵に特別な気持ちを持ち続けていた。同級生であった友里恵は、女子でいながら女子とくっつくこともなく、いつもひとり静かに机に座っていた。その友里恵とはたまたま六年生の三学期に隣り合わせて座っただけの間柄であった。ただ、偶然にも学校を卒業して数日後に、二十世紀記念パークへ行く道路で再会を果たしたのだった。ただし、千載一遇(せんざいいちぐう)の機会とはいえ、面と向かい合って互いに意思疎通ができたのはほんの半日ほどで、それはあまりにも短かった。

父親の雄一は独身を通して続けていた。真守の母親である麗佳がこの世を去って以来、家には真守の祖母で、麗佳の母である妙子以外、女性が足を踏み入れることはなかった。それにしても、生前の母麗佳を父雄一がどれほど愛しく思っていたのかは、真守にはわからなかった。なぜなら、母方の祖父母恵吾と妙子が、ジョークっぽく父雄一と母麗佳のことについて繰り返し口にしていたやりとりが今も記憶に残っていたからだ。

両親は喧嘩するほど仲がいいという間柄だった。そのために、母麗佳の突然の死が、父雄一には取り返しがつかないほどの思いに繋がっているに違いないという。真守を気遣いながらもその言葉は口癖になっているようだった。そこには、父雄一に対して祖父母たちのアイロニーが含まれているように子供心に感じていた。

いったい何が取り返しのつかない思いなのか、不審に思って祖父母に何度か問い返しても、「まさかそんなに早く、おまえさんのお母さんと一生の別れがくるなんて思いもよらなかったという意味なんだよ」「それは、真守ちゃんのお母さんが突然、あの世にいってしまったことをいっているのよ」という言葉が繰り返されただけだった。

アメリカの日本人学校に勤めて、永住権を得ていた母方の祖父母は、真守を不憫に思っていたのだろう。一年に一回の割合で、祖父母は真守が小学校を卒業するまで一時帰国して会いにきた。祖父母である恵吾と妙子が真守の家に滞在したのは、長くて夏休みの一ヵ月半くらいの日数であった。父雄一は相変わらず無口で、祖父母たちとの会話は短かったが、表情はどちらかといえばいつもより穏やかにみえていた。また、父雄一の暮らしぶりや真守の小学校のことなど、祖父母たちはあれこれ気をまわして真守に尋ねてくることはなかった。

父雄一は、祖父母がいる時は真守をふたりの手に委(ゆだ)ねっぱなしにするため、真守は父と祖父母の間に挟まれて気兼ねすることもなく、また、祖父母である恵吾と妙子も父親の雄一も余計なもめごとを起こさずにすんでいる気がしていた。

大体において交際嫌いの父雄一のところへは、祖父母の他には滅多に客など訪れたりはしなかった。父の雄一がなぜ、そのような性格なのか、真守は深く考えたりしたことはほとんどなかったが、どうしたことか亡き父親の両親とは全く縁を切っていた事は気にならないでもなかった。

父雄一の人嫌いは、真守の女性を敬遠しがちな理由とも潜在意識の中で繋がっていた。

「お母さんみたいな女性は二度とあらわれるものか」と父雄一は口癖のように言い続けてきた。だが、それだけではない。度々、雄一の口から出る「女というものはまったく面倒くさい存在だ」という言葉によって、真守は女っ気のない家庭生活にすっかり慣らされてしまっていた。父雄一が母麗佳を本当はどのように思っていたのかは、謎の部分があった。ただ、男は下手すると女という生き物に翻弄されかねないと、雄一は思っていそうだった。


男女共学の最終学年を迎えた六年生の二学期だった。岩手からの女子の転校生がB組に入ってきた。盛岡の祖父の家に預けられていたのが、両親がマレーシアの赴任地を引き上げてきたことで親子一緒に住めるようになったという。

転校生の瀬戸友里恵は、真守の隣の席に座ることになった。前髪は眉の上でキレイに切り揃えられ、後ろ髪は耳朶の下くらいのショートボブで、スッキリとした印象を受けた。頰には細かいそばかすが散らばっていた。やや吊り上がりぎみの奥二重の形のいい目元はずっと見つめていたいくらい涼やかにみえた。行儀よさそうに背筋をいつもシャンとさせていた。切れ長な目の中にある凛とした漆黒の瞳は、唯一のチャームポイントに思えた。

　黙って座っている姿は、決して意地が悪そうには見えなかったけれど、身構えるようにバリアを張ってみえ、少しきつそうな印象は受けた。でも、解答を求められれば物静かなものいいで要領よくしっかりと答えていた。そして誰ともしゃべることをしないで、よそ見することなくいつでもまっすぐ前を向いている。

　クラスメートたちが友里恵と積極的に交わることをしなかったのは、何を話していいのか、話す接点を持てなかったからなのかもしれない。それに、友里恵自身が発しているだんまりを決め込む頑なな意志を感じたからに違いないと真守は思っていた。

　真守は負けず嫌いで、男子生徒とは屁理屈や断片的な知識を競い合ったり、問題を解くことには積極的に参加する方でもあった。ところが女子となるとほとんど口をきくことをしてこなかった。隣の席になった友里恵とも、やはり必要なこと以外は言葉を交わさないで過ごした。

だが、友里恵の場合、真守は話しかけるのが面倒臭いというよりは気恥ずかしかったからだ。友里恵は誰とも会話を好まなかったために、隣の席にいた真守は無駄に気をまわすこともなく、ただウットリとした気分で身近にいることができた。その友里恵はどこにいても寡黙であったかといえばそうではなかった。それがわかったのは、小学校を卒業した春休みであった。


真守は、十二歳の誕生日にソーラー電動式の自転車を買ってもらって以来、時間があるとよく乗り回していた。電子工作教材のベンチャー企業を立ち上げていた父親の雄一は、家で仕事をしていることの方がどちらかといえば多かったが、何かと用事で外へ出ていることもあって、雄一が外出している折には、真守はその自転車で遠出のサイクリングをよくした。時には、留守をいいことに、冒険気分で約束の区域内を無視して遠くまで行くこともあった。

その日は、もう小学生ではないという気分が何とも心地よく感じられた。真守は昼御飯用のサプリメントと、濡れナプキン、小型のペットボトルをジャケットのポケットに突っ込んだ。自転車には小さなナビが付いている。もし、遠くの出先にいる時に、父の雄一から連絡が入って「何でそんなに遠くにいるんだ」と、咎められでもしたら面倒に思えた。ピロロは何か困ったことがある時に、兎に角、解決策を廻らすようにして返答を返してくれる励まし機能が付いていて、慰められたりもする多機能の便利スマホだけれど、置いて出ることにした。

目指すのは、若葉地区にあるレトロな名前がついた「二十世紀記念パーク」であった。自然に親しむことがテーマの公園である。公園内は、三年前に設置されたプラズマ空気浄化システムによって以前より自然環境が保たれるようになった。映像からではなく、希少になった本物の昆虫や小動物を目の辺りにすることができるという公園だった。

真守は家を十時に出た。家からの距離はおよそ13キロで、アップダウンする坂がいくつかあり、近道するには道幅が狭くて危ない箇所もあるけれど、サイクリングをそこそこ楽しめる。自転車をこぎながら、ポツンポツンと開き始めの桜の木が目に入ると、真守は小学校と「さようなら」ができたことを実感した。自分が大人へと一歩進むために中学校進学へと向かっているのを清々しく感じていた。

男女共学化が進む中で、リニアカーで二つ先の駅の、私立男子中学校へ通うことになっている。父親の雄一から男子校へ行くのを勧められていたのだった。とはいえ真守自身も男子校へ行くことに異存はなかった。再び、男女共学の中学校で女子とうまく交われる気はしない。それに男子校であれば教師も圧倒的に女性が少ないのは確かである。真守は口の達者な女子に余計な口を挟まれ、クラスに波風が立つことを想像するだけで鳥肌が立つ気がしていた。比較的、仲が良かった戸田や大野と同じ中学校でまた顔を合わせることになっていたので、小学校卒業での真守の心残りは、唯一、友里恵と会えなくなることだった。

途中、真守は体力を鍛えようと電動に切り替えずに、急な上り坂は避けて、迂回したりした。ところが、それも段々面倒臭くなって油断したのがいけなかったのか、狭い坂道からスピードが加速されるまま広い道路へと飛び出した時に、危うく事故に遭いかけた。トラックが目の前に迫ってきた時、真守は思い切り左に舵を取っていた。

「キイーィイッ、キューウウッッ」というトラックのブレーキ音と共に「バッカヤロオーッ」という運転手の大きな怒鳴り声が飛び交った。トラックのセンサーが作動したため、寸前で止まってくれたものの、目の前に近づいたトラックから必死に逃れようとハンドルを握りしめたので、人差し指と親指には血豆ができていた。

既に公園の近くまで来ていて、『公園の入り口まで150m』という標識を目にした。真守は先ほど命拾いをしたためか、ハンドルを持つ手が小刻みに震えている。

辺りは緑が多くなってきていた。公園に近づくにつれて空気も爽やかになってきた。道が二股に分かれていて、公園とは反対側の、蕾が少し膨らみかけた桜の木の下に、少年のようなパンツスタイルの少女がしゃがみ込んでいる。

真守は、まさかと目を凝らして見た。その少女はまぎれもなく瀬戸友里恵であった。探し物をしているのか、道路の端を覗き込むようにしている。

サイクリングコースに「二十世紀記念パーク」を真守が選んだのは、本物の生物を目にしたいということではあった。ただし、真守が住んでいる大手地区内にも同じような自然保護のテーマパークが存在する。そこへ行く選択肢もあったというのに、少し遠くなる若葉地区の公園を選んだのは、やはり瀬戸友里恵が引っ越した地域ということに惹かれていたからだった。

それが偶然にもその当人に出くわしたのだった。友里恵は落とし物でもしたのか、垣根前の乾いている排水溝を見つめていた。真守はトラックに轢かれそうになった時より、更に心臓がドクンドクンと忙しく早鐘を打つように感じられ、全身に緊張が走った。でも、声を掛けるのに今以上のチャンスなど考えられない。

「瀬戸さんでしょう？　何か落とし物でもした？」

瀬戸友里恵の背中がビクッとしたように動いて振り向いた。

「えっ？　……びっくりしたぁ。谷田君……？」

まともに顔を向けるのも気恥ずかしく思えて、落とした物をみつけるのを手伝うつもりになって、真守は人家の庭と境目の排水溝周辺をキョロキョロと見渡した。落とし物は見当たらない。

「アリを見ていたの」

「そうなんだ」

　確かに小さめな種類のアリが、一筋の行列になって蠢いているのが目に入る。その行列は近くにある人家のプランターへと続いていた。プランターの中の黒土には、黄色と緑色二粒の金平糖が置かれていて既に、アリたちが群がりはじめていた。その周囲では、小さいアリの二倍以上はある大きさのアリたちが数匹、金平糖に近付こうと試みている。

「気にしないで行ってくれていいよ」

「瀬戸さんて、アリに興味があったんだ……」

　大きなトラックを目の当たりにした恐怖から、震えがまだ完全には止まらない手で自転車を脇に止めて、少し離れた所から、アリたちの様子を真守も一緒になって眺め始めた。

「大きいのと小さいの、二種類のアリがいるけど……」

「うん、それも食べ物の扱い方とか、性格は全く違うんだ」

「ホントだ。片方は行列を作っていて、大きいのは一匹ずつ別々に動いているね」

平和そうな空気の中で、二種類のアリたちが元気よさそうに往来している。

「クロヤマアリも何匹かで協力して食べ物を運んだりもするけれどね」と、友里恵が補足するように言った。

「大きい方、大きいだけあってかなり大股だし、歩くのがスピーディだよね。クロヤマアリっていうのか」

奇跡か何かが起きて、今、ここにいるのではないか、と真守は思わないではいられなかった。辿(たど)り着く前に事故に直面していたとしたら、それこそ父の雄一が深刻な顔でぐったりしている真守を覗き込むことはあっても、友里恵とのこんな再会はなかったのだった。真守は、桜の蕾が開き始めた木の下で、エサへめがけて歩を進めている生き物を友里恵と二人して眺めているのが不思議に思えた。

「いやじゃなければ、よく見ててごらんよ」

思いのほか友好的な友里恵に、緊張が解け、嬉しくなって真守の口は軽くなった。

「あっ、大きいアリの方だけどさ、反対からくるアリと触角を合わせるのもいれば、合わせない奴もいる。挨拶しないアリは同じ巣のアリじゃないってこと？」

「触角って、センサーっていうかフェロモンを嗅ぎ分ける役割をしてるんだ。挨拶っていうよりは、同じ巣の仲間のアリかどうか確かめているのかもしれないの」

真守の疑問に目を向けて答えてくれた友里恵は、クラスにいる時とは別人のようにみえた。

「フ～ン。挨拶しているってわけでもないのか？」

「たぶん」

「この小さいアリ、大きいクロヤマアリをよく小突くよね。クロヤマアリの方は、その度に飛びのくじゃん。気がいいっていうか、お人よしっぽいっていうかさ」

「私もクロヤマアリのそういったところ好き」

友里恵の眼は教室でものを言わなかった彼女をカバーするチャームポイントであった。真守の目の前にいる友里恵は、教室にいた時以上に漆黒の瞳が賢そうに輝いてみえていた。

「クロヤマアリは戦うのが面倒だと思ってたりしてね」

「やはり戦いが嫌いそうにみえる？　アリはアリだけどずいぶんと違うでしょう？」

「違うかも。あ、クロヤマアリは、最初からこのエサに近付かない奴もいるんだね」

「クロヤマアリはいろんな食べ物を同時に採取しているのに気が付いた？　それと……けっこう怠けているアリたちもいるんだ。……小さい方のトビイロシワアリも雑食は雑食なんだけど……食べ物の扱い方はかなり違っているの……」

友里恵と面と向かって、こんなに長く会話をするとは思いもよらないことだった。しかも、友里恵の言葉はお上品な女言葉が際立つというわけでもなかった。

「瀬戸さんって、もっと女の子らしい気がしていた」

友里恵との会話に慣れた気がして、真守が意外だとばかりに口にした。そういったのが気に入らなかったようで、友里恵が「ばっかみたい」という答えを返してきた。

「女の子らしいだなんて。女の子のことをどう思っているの？」

真守は自分の顔が真っ赤になっていく気がして、気が利いた返事すらも思い浮かばないため、「ごめんなさい」といっていた。真守が思い描いている女の子らしい子はクラスにはいない。学校の他の女子に同じようなことをいうことなどあり得なかったけれど、もし、友里恵のような返答をかえしてきたら、真守は鼻でせせら笑って、絶対に謝りはしなかった。第一、自分から話しかけることなどあり得ないと思った。

真守がアリに興味を持ったのがかなり嬉しかったのか、友里恵は自転車を引く真守と二十世紀記念パークへも一緒に入った。

大気汚染からの気候変動によるものか、春の気温が三十度近い暑い日が多くなる年と、時折、零下にもなる寒い日が続く年が、ランダムに訪れるようになっていた。

小学校卒業の年はやや寒さが勝ってはいても、例年にない温和な日が続く年であった。東ゲートの桜並木が満開を迎えるのはもう少し先ではあったけれど、この日は比較的暖かかった。

春休みで蕾が少しでも開花するのを期待して訪れた親子連れが多く、また年配者の散歩を楽しむ人々が所々で見かけられた。プラズマ空気清浄化システムによって空気が爽やかに感じられる中、若葉が芽吹いて、若草と適度な湿気を含んだ土の匂いが、心地よく鼻を刺激した。

小さい方のトビイロシワアリが食べ物に土をかけてしまったところを見てみたいかと友里恵に尋ねられたので、真守は「もちろん」といった。

自転車置き場に真守は自転車を置きに行ってから、友里恵が待っている広葉樹林の入り口まで行くと、土の地面からそれに続くアスファルトにも、トビイロシワアリによって砂粒を盛られたように見える箇所がポツンポツンと真守の目にも飛び込んできた。見つけた食べ物は、その土の粒で蔽われた中で解体作業をするのだという。

トビイロシワアリたちが見つけた食べ物は、さっきと同じく行軍して運んだ土の粒ですっかり蔽いつくされてしまったのだろう。クロヤマアリのような邪魔者を弾き出し、独占して作業を続けるために土の中に埋めてしまうとは、何とも隙のない仕事である。

トビイロシワアリとクロヤマアリは大概、巣が近い所にあって、虫の死骸や甘いものなど同じような食べ物を集めているのだと友里恵がいう。にもかかわらず、性質や食べ物の採り方は全く違うようだった。

友里恵はポシェットからアリ用とラベルが張られて金平糖が入ったジップロックの小袋を、ほっそりとした可愛らしい手で取り出した。そこから白い一粒をつまんでトビイロシワアリとクロヤマアリの巣に近い地面に置いた。

「アリのこと、すごく詳しいんだね。映像でちょっと見たことはあるけれど、アリのことなんか、これまであまり気にして見たこともなかったよ」

「昆虫にあまり興味がないの？」

「いや、そんなこともないけどさ、実際に見る機会って少ないじゃない」

「それって、興味がないことと同じだよ」

いくら友里恵でも、こんなふうに指摘されると癪に障って真守は言い返した。

「僕だって近くに公園があって、見ることができる環境にいたら興味を持ったさ」

「うん、……それもそうかな」

今度は、友里恵が素直に頷（うなず）いた。

小学校低学年らしい、好奇心にあふれてそうな男の子二人が、何をしているのか覗きに来た。

クロヤマアリたちが、甘い金平糖の匂いに気が付いて、すぐに駆け付けてくると思ったら、その近くを知らんぷりするようにどんどん通り過ぎていった。やがて、その匂いに誘われてきたトビイロシワアリたちの行列だけが白い金平糖へと進んでいった。

「ここは、三日前に餌付（えづ）けをしたところなの。クロヤマアリはここでトビイロシワアリにさんざん小突かれたり、毒針でさされたりしたから、この場所での金平糖の採取はあきらめてしまったみたい」

見物に来た二人に向けても、友里恵は愛想よく笑顔を向けた。

友里恵の説明によると、大きいクロヤマアリの方は、普段争いを好まないようで、餌付けをしてもかなり用心深いらしい。ところがトビイロシワアリの方は、ひたすら行列を作って一つのエサに向かって猛進していくという。トビイロシワアリは、嚙(か)みつく顎(あご)と尻にある毒針を武器にして「どけ、どけ」というようにクロヤマアリを小突きまくる好戦的姿勢が目立っているのに対して、ライバルに当たるクロヤマアリの毒針は退化してしまい持っていないのだという。

興味が持てたらしく、その二人も耳を傾けていて「ふ〜ん」「ダンゴムシを見ているのも面白いけどさ、アリも面白いね」としきりに頷いたりしている。

「痛い目に遭った場所って記憶するんだろうか。クロヤマアリは大きくて足が速いんだから、トビイロシワアリが食べ物に到着するまではいて、金平糖をなめてていいのにさ」

「かなり用心深そうなの。でもね、クロヤマアリがひたすら弱いとは限らないんだ。トビイロシワアリに散々小突かれていた一匹のクロヤマアリが、怒ったのを見たことがあるもの。なにしろ格闘にまでなってしまったんだから」

黒い瞳が一段と輝いて、友里恵はその時のクロヤマアリの行為が意外だったとばかり感動したように言った。

「で、トビイロシワアリを気絶させちゃったとか？」

友里恵は下級生の二人に向けても、訊かれる質問に対して嬉しそうにしながら説明を返していた。

「あの時はね、トビイロシワアリが見事にノックアウトされちゃったの。いつも逃げ回るところしか見たことがなかったのにね。それだからすご～くうれしかったよ。そのクロヤマアリがヒーローにみえちゃったもの。……きっと、アリにも一匹一匹、それぞれの個性とか意志ってあるんじゃないかって思っちゃった」

「クロヤマアリたちももっと徹底抗戦したら面白いのに」「まったくだよ」といっていた二人は、友里恵の話に「でも、よかったあ」「本当は強かったりして。クロヤマアリは逃げるばかりでもないんだ」と歓声を上げた。

「きっと争いを好まないんだよね？　それにさ、いちいち相手にするのも厄介だしな」と真守も応じた。

「だね。トビイロシワアリの方がいっぱいいるしね」

皆でトビイロシワアリが行列を作りながら金平糖に群がっているのを見ているうちに追い付いてきた親たちが、二人に声をかけたので、二人は名残惜しそうに手を振って、親たちの方へと戻っていった。

　真守は改めて二種類のアリに眼をやりながらいった。

「アリも一匹一匹気持ちを持っているのかな？　そう思うとアリを踏んづけたりなんかできなくなるよね」

「へ～ぇ、谷田君っていいことをいう時があるんだね」

「なに、それ？」

　真守は、クラスで女子たちがいつも真守の悪口をいうから、友里恵にもこんないい方をされるんだと思ったけれど黙っていた。

「最終的に、どっちの巣の方が賢く長く生き延びれるんだろうね、なんて」

「さあ？　でも、クロヤマアリの方がいろいろな所で頻繁に見かけることが多いから、クロヤマアリのエサの採取の仕方のほうが賢く思えるんだ。……アリって見ているとおもしろいでしょ？」

　真守は素直に「おもしろいね」と頷（うなず）いてから、はたして、２組の中でこの二種類のアリたちの働きの違いを目にして、どのくらい面白いという奴がいるだろうかと考えた。

（男子十四人の中で、五人はいるんじゃないか？　戸田と大野だったら、絶対に面白がるに違いない）

友里恵のアリの話は、尽きないようだった。友里恵は真守といるのに慣れてきたのか、真守の問い掛けにまっ直ぐ目を向けて答えたり、何とも無邪気そうに微笑んだりした。これまで、女子たちのとがった目や、からかいの目が嫌いで、まともに女子に目を向けたことがなかった真守にとって、そばかすが散らばった頬っぺたと、自然にカールした睫が開いたり閉じたりするところをまともに目の辺りにしているのも初めてであった。

「巣の中には普通のクロヤマアリよりも二回りくらい大きくて頭の大きな、用心棒みたいなアリたちも棲んでいるの。そのアリたちはトビイロシワアリを集団でやっつけてしまう最強軍団って感じなんだけどね」

「へ～え、アリって色々と役割分担が決まっているらしいけど、女王アリの他も、役割によって体型まで違っているのか――」

「でも、これは見ていて、あまりいい気持ちがしなかったんだ、……虫の死骸を運んでいるクロヤマアリの巣にトビイロシワアリが侵入を始めたのね。そしたら、その強そうな用心棒みたいなアリたちが、侵入したトビイロシワアリたちを顎で加えて巣穴から出てきたの。七、八匹くらいいたかな。完全に巣の外に出たら、そのアリたちを二匹でスクラムを組んで、それぞれに頭と胴体を持って次々と引きちぎってしまったんだもの。アリの世界にも、ここからは何が何でも阻止しなくてはみたいな役割分担があるんだと思った。そう思うとかなり生存競争って厳しいのかなって」

一匹のクロヤマアリがトビイロシワアリをやっつけるところや、頭の大きな用心棒みたいなアリたちが巣から出てくるところを真守も見てみたい気がした。

トビイロシワアリたちの身に起きた残酷な場面を目にして、大変なことを見てしまったように友里恵が語ると、なぜか真守は、もう顔を合わせることもなくなった学校の女子たちは、こんなアリたちのことなんか気にも留めないんだろうなと、ふと感傷的な気分になった。

真守は友里恵にまた余計なことをと、嫌な顔をされると思いながら、学校では卒業するまで誰とも話をしないまま過ごし続けたわけを、聞かずにはいられなかった。

「ねえ、瀬戸さんは何で学校だとしゃべらなかったの？」

友里恵はその問いが癇に障ったのか、鋭い光を帯びた黒い瞳でジッと真守を睨んだ。

「どうして？……　しゃべらないっていけないことだと思う？」

「そういうわけじゃないいんだけど。瀬戸さんと話したら面白かったからさ」

非難するつもりは全くなかったとばかりに、真守は慌てて付け足して言った。

「一人でいるのが好きなんだ。それって変に思う？」

「別に。でも……、今日は邪魔しちゃったかな。ごめん」

「あ、違うの、ごめんなさい。クラスで一人でいたかったのは趣味が合いそうもないみたいで、私と話をしたって面白くないだろうなって思って」

「え〜っ、そうかなあ、瀬戸さんの話、面白がって聞きたくなる男子はいると思うけど」

「まただ。男子、女子って区別するの、キミの癖だね」

（学校では、男子女子ってみんなも区別してるよ）と真守は思ったけれど、声に出さないでいた。

それにしても、友里恵に反論され、きつい言葉を投げかけられても、なぜかそれ程嫌な気がしないのが不思議だった。友里恵も女子という範疇に入れられてしまうのが面白くないのかもしれないと真守は少し訂正した。

「あの学校の女子がたまたま嫌な奴らばかりだったからなのかもしれないね。……それに女子っていったって例外ってあるとは思うけどね」

だが、真守のその答えが見当違いに感じたらしく友里恵は同情するように言った。

「谷田君って、女の子たちのことで余程嫌なことがあったんだね」

真守は、友里恵のものいいからやっぱり気が強いんだと思った。真守は元来の負けず嫌いの性格から、お返しのつもりで言葉を放った。

「じゃあ、瀬戸さんは男女にかかわらず、人間全般で余程嫌な思いをしたってわけだね」

真守の言葉に友里恵は真っ赤になった。だが、答え方は毅然としたものだった。

「そうかも」と、友里恵がそれを率直に認める言葉を返してきた。にわかに真守の方は、あくまで〝女子〟にこだわってしまった自分の幼稚さを思い知った。友里恵は顔を真っ赤にしたから、もしかしてデリケートな、触れられたくないところを突いてしまったのではないか。何とも切ない気持ちにさせてしまったのではないだろうかと、真守は自分が情けなくなって、「もう帰る？」と訊(き)いてみた。

「私は三時までは公園にいるつもりなんだけど。サプリメントの食べもの持ってきたし。真守君はそろそろ帰る時間なの？　それだったら門まで送るね」

真守の失言を意に介していないように「送るね」とまで言ったのでほっとした。

「僕も夕方までいるつもりでサプリメントをポケットに入れてきたんだ。これまで、自然や生物に触れる機会ってあまりなかったなって思って。なので春休みにテーマパークを訪ねることにしたってわけ。アリに詳しい瀬戸さんに会えて、ホントよかったよ」

真守は感謝の気持ちを率直に伝えたものの、後ろめたく思う気持ちは拭(ぬぐ)い切れないでいた。友里恵は周りをあまり気にしないで、自分で自分を楽しませることができる才能があるのかもしれない。かといってイヤな目に遭った傷は中々消えはしないのではないかと思い巡らした。

それから、一面に黄色の絨毯のように菜の花が群生している原っぱまで、真守は友里恵に誘われていった。温暖な日差しだけではなく、菜の花をゆするヒンヤリした風までもが心地がよかった。黄色の花に群がっている、ゴマくらいの小さい薄緑色をしたアブラムシたちをクロヤマアリが茎を往き来して飼育している姿がのどかにみえた。

「クロヤマアリはアブラムシのお尻から蜜をもらうんだけど、そのかわり、アブラムシの排出物を掃除したり、外敵から守ることをする共生関係にあるの」

真守と友里恵はサプリメントの即席の昼食でお腹を満たした。最近のサプリメントの食事は、水分を補給しながら適量の数の粒を口に放り込むため、程よい甘さで心地のいい嚙み心地はあっても、一瞬なので味気ない。とはいえ、お腹具合は何とも言えず心地よい気分になっていくのだった。そのために、食事をとる時間がない時や食べるのが面倒くさく感じられる時は、サプリメントはあきられずに重宝がられる食品であった。

真守と友里恵は、食後もアリの卵やさなぎを育てる働きアリたちのこととか、乾いた麸(ふ)みたいなカマキリの卵を菜の花畑でみかけてカマキリの子の話をした。それから、真守は人工知能が人間を牛耳るようになるのもそう先ではないとか、プラズマ現象から宇宙の話など、科学雑誌や漫画からのかなりの受け売りながら、自分の幼稚さを払拭(ふっしょく)したくて次から次と友里恵にしゃべりまくった。

真守が思いつくままに話題を色々な方向に振ってしまい、初対面なのにいいのかなと時々様子を窺うと、友里恵は相変わらず首を傾(かし)げたり目を見開いたようにして興味がありそうに真守の方に目を向けていた。

そして、あっという間に夕方へと向かいつつあった。友里恵も時間を忘れて真守との会話に夢中になっていたようだ。

「あ、時間のこと忘れていた」と、友里恵はポシェットから古風な懐中時計をあわてて取り出した。最近、二十歳前後の女性に人気が出てきた蓋(ふた)付きのレトロな感じの時計は真守の目を惹(ひ)いた。

「カタログでは見たことはあったけど、カッコいいな。蓋が付いている時計だなんて」

「私、ピロロは監視されているみたいで嫌いなの。これは、おじいちゃんからの卒業プレゼント。いつも何時かなって蓋を開けるのが楽しみなんだ」

友里恵が蓋を開けると共に、若い女性に受けている仕掛けの、微かで心地いい電子音のメロディが流れ出した。真守は友里恵にもこころから慕うことのできる祖父がいたのかと思い、胸が熱くなった。しかも友里恵の祖父は生きているのだった。

時計が四時半を過ぎていたのを知って、友里恵は急に青ざめた。

「四時半過ぎちゃった。どうしよう！　もう帰らなくちゃ。……でも、真守君と話せて今日はとってもとっても楽しかったぁ。ごめんなさい。急ぐから先に行くね。真守君、ありがとう！」

友里恵は名残惜しそうに真守をみつめて言い放った。

「またここで会いたいな」

という言葉を残して、友里恵は東ゲートへと一目散に駆け出して行った。真守も少し離れている自転車置き場へと直行して、慌てて友里恵を追い掛けはしたものの、既に友里恵の姿を見つけることはできなかった。あっという間に、友里恵の姿が消えてしまった気がした。真守は違う方向だったのかとため息をついて、日が陰ってくる中、帰途についた。

真守は、昼間、寸前で事故に遭いそうになったことから、電動式に切り替え、センサーをお守りがわりにして冷や冷やする思いと共に道を急いだ。行先を知らすことなくスマホも家に置いたまま出てしまったので、既に父雄一が帰っていたら、雄一の尋問は厳しいに違いない。どこへ行っていたのかとしつこく訊かれて、半日以上も外出してしまった言い逃れは通りそうもなかった。父雄一からは、注意したものごとをいい加減にすることには手厳しく叱りつけられていた。

どうしようと思いながらも、微かに流れた電子音のメロディが頭の中から離れることなく、懐中時計が好きだなんて友里恵はセンスがいいなという思いも胸の中に残っていた。お互いに日頃興味を持っていた話題を交わせることができた満足感は、何ものにも代えがたくラッキーとしか言いようがなかった。女の子のことで、こんな甘い気持ちを持てたのは初めてであり、残念にも、真守の最後の体験でもあった。

真守は、中学の入学式までにせめてもう一度だけでも、友里恵に会いたく思っていた。だが、友里恵の連絡先を知る手立てはなかった。なぜ、話している間に訊いてみなかったのかと後悔しても後の祭りである。

友里恵に会えることを胸に秘め、父雄一の留守の日を利用して二十世紀記念パークへと向かっても、再び顔を合わせることはなかった。暇を見つけては、友里恵に会えるのを期待して、危ない思いをした道を避け、公園に何度か足を運んだ。

公園に着くと、先ず、アリを気にしては真守自身も地面に飴やお菓子を置いてみたりはした。せめて、クロヤマアリの用心棒のアリたちだけは目にしたいと思い、毎回飴をクロヤマアリの巣の近くに置き、トビイロシワアリを誘導して、ついに用心棒らしき兵アリを目にして感動したとはいえ、友里恵と一緒に見られなかったので却って空しさを覚えた。それからもしばらくは続けてみた。だが、友里恵が一向に姿を見せないために、アリの観察をすると友里恵不在の寂しさが一層際立つ気がして長くは続かなかった。

年月がいたずらに過ぎ去っていくように思えるほど、あの時の二人でいた空間は特別に恋しく思えた。友里恵と話した一字一句を真守は忘れることはなかった。友里恵の「ここでまた会いたいな」という言葉は、真守自身と同等な思いから発せられたものだと年月が経とうが確信していた。やがて、成人式が過ぎた。

　相変わらず友里恵とは会えないのに、二十世紀記念パークは、友里恵がいつかこの場所に姿を現すのではないかという期待は消えることがなく、真守にとって唯一、懐かしさが宿っている癒しの公園だった。

「またここで会いたいな」と友里恵は言ったのだから、いつかは姿を現してくれるに違いない。そんなふうにこだわり続けるなんて、どれだけお目出度い奴なんだろうと真守は自嘲しながらも思い続けた。

　だが一方で、大学生になった真守はもういい加減に吹っ切って、違う女性とも会話を試みてみようかと思ったこともあった。真守が女子という言葉に拘っていたのを友里恵は怪訝そうにして、『女の子だから何なの?』と言っていたではないか。

真守はこれまでの女性全般への固定概念を払拭できたらと、ゼミで知り合った女性と食事をしてみたものの、三度目には双方共に声を掛けることなく終わっていた。

友里恵が既に他界していたのを知ったのは、真守が卒業から10年ぶりに開かれたクラス会の時であった。万が一、友里恵に会えたら、消息を知ることができたらという淡い期待を持ってクラス会に臨んだ。真守は二十五歳となっていた。

定刻通りにホテルのラウンジに着くと、クラスメートたちは再会を喜んで挨拶を交わしている風な和やかさはなく、何故か一様に気色ばってみえた。気取りが感じられる女性たちの囁き声の中にすっかり野太くなった男性陣の声が混ざって、目に入ってきたどの顔も懐かしさは湛えていても大人の顔にすっかり様変わりしている。

「ええッー、事故死？」

「……ほら、ちょっと可愛かった……」

「しかも、卒業した次の年だったのか――」

「でも、なんか、影薄かったわよね」

「緘黙児ってさあ、瀬戸さんみたいな人のことをいうのよね？」

（瀬戸って？　嘘だろ！　本当なのか？　瀬戸さんが死んでしまっただなんて……！　まさか……あり得ない）

「瀬戸さんが亡くなったって本当なの？」

真守は友里恵の死を認めがたく、「ゴブリン」とあだ名をつけられたことが面白くなくて、これまで自分の方から話しかけたりしてこなかったクラスの女子に、瀬戸友里恵死去の真偽の程を覚悟を決めて尋ねて回った。敵意がなく、低姿勢で話しかけてくる真守に周囲の女子は一様に意外そうな表情をした。

若葉地区から岩手県へと友里恵が転校していってから起きた事故とのことであった。だが、中学二年生の春休みに入ったばかりで、岩手の祖父の家の県道で交通事故に遭い亡くなっていたのは数人の女子が知っていたとはいえ、詳しい情報は得られなかった。母親同士の付き合いによって耳にしただけで、実際には誰も何も知らないという。クラス会欠席の旧担任からも友里恵の事故死のことは告げられたものの、消息の詳細については誰も何も得るところはなかったという。

　参加者全員がショックを受けて一時悄然（しょうぜん）としていたのが、友里恵の事故死の詳報については知り得なかったことから、間もなく、顔を合わせたもの同士、話の続きへと戻っていった。

「ハカセ、俺たち、この前、会ったのいつだったっけ？　ねえ、ハカセ、聞いてる？」

「アァッ、まさか、瀬戸さんのことを聞いてショックを受けてたとか？」と、クラス内でも噂話に察しの速かった中山が急に声をはりあげていった。五年ぶりに会った戸田と大野も真面目な顔を取り繕いつつ、友里恵のことを真守に訊（たず）ねてきた。

「ええ～っ、ハカセが女子に興味を持つだなんて、ホントかよ？」

「確か席、隣だったじゃん」

「ふ～ん、そっか。それはショックだよね」

　周囲の男子たちも、ややからかいの表情になってその言葉に応じた。

「関係ないよ」と答えたものの、まだ疑いの目から逃れられない気がしたので、

「同じクラスにいた奴が死んだなんてすぐには納得できないじゃないか」とふくれっ面をして、友里恵を「奴」だなんて突き放した言い方を後ろめたく思いながら付け加えた。

まだ、周りの男子たちがどことなく冷やかしてそうにみえるため「クラスメートが亡くなったんだぞ。不謹慎じゃないか」と、真守はかなり深刻な顔で怒鳴った。

「ハカセだもんな。ま、ありえないか」と大野がいった。戸田もそれに応じた。

「ハカセは〝死〟ということに関しては、コメンテーターみたいにしていろいろとのたまわっていたことあったっけ」

「うんうん、そうだったな」

目に見える真守の意気消沈した姿を見て、友里恵のことをまだ疑いつつ、周囲の男性陣も小学校時代を思い出したように頷いたりした。

「でも、死んじゃったのかあ。残念だったな。瀬戸さん、きつそうに見えたけど、案外、可愛かったよな」

「マジ気分がすぐれないんだ。猶更、調子がおかしくなってきたから今日は帰るよ」

「胃腸薬なら持ってるよ、水でも持ってこようか？　来たばかりなんだからしばらくその隅っこにでも腰掛けてさ、安静にしていた方がいいって」

「大丈夫だよ。すぐ治っちまうって、いろよ」

「無理だよ」

中山、戸田と大野に再会の約束をして、真守は会場を後にした。


クラスメートにとっては、友里恵は薄い存在でしかなかったのだろう。以前、二十世紀記念パークで真守に『しゃべらないっていけないことだと思う？』『一人でいるのが好きなんだ。それって変？』といっていた友里恵の言葉が真守の脳裏に浮かんだ。

友里恵はもしかして、アリの観察にうつつを抜かしすぎて迫ってくる自動車に気がつかなかったのでは――。二十世紀記念パークで友里恵に出会う寸前に真守自身、交通事故に遭いかけたシーンが脳裏を掠めた。

とはいえ、故人とは最早、もし会えるとしたら夢の中でしか出会えそうもない。真守にとって束の間とはいえ、友里恵は心を通わせられた唯一人の異性として思い続けてきた。友里恵が死んでしまった以上、友里恵とは二度とこの世では会えることなどない。友里恵との交流は完全にシャットアウトしてしまったのだ。

根底から、友里恵との再会への可能性の幕は閉ざされてしまったため真守はかなり長い間、茫然と時を過ごした。仕事はほとんど三林に任せっきりにして、真守は暫し何も考えられずにただ、月日を重ねていた。三林は仕方なく従ってみえていたものの、段々と嫌気がさしてきたのがわかった。取り敢えず給料を少しだけ上げはしたが、そのままでいた。

それにしても友里恵の死から既に十一年を経ていただなんて――心の中はポッカリと空洞になってしまったように真守自身生きている心地がしなくなった。自分がこの世にひとり置き去りにされてしまったような気分であった。

死後のことは全く想像がつかない。そして、自分という意識体ははたしてこの世に生を受けている時だけのものなのかと真守は考え始めた。あの世ははたして存在するのだろうか？　だが、その先の沈黙に蔽われた闇は、ブラックホールや大口を開けた真っ黒な魔物のように、まったく正体が摑めない。

　小学生だった真守のことを親身に気にかけてくれて、身近で相手をしてくれた祖父恵吾と祖母の妙子も、真守が中学生になった折に南米の旅先で民間機の飛行機事故に遭って、二度とこの世で会うことができなくなってしまっていた。そのことで、真守はかなりの衝撃を受けた。だが、徐々にそのふたりのことは日常の意識の中には上らなくなって、今では祖父母はもうこの世にはいないんだという思いを心の底に抱きながら、ふと何かの拍子にその面影を思い出すのみとなっていた。

　その祖父母に、母麗佳はどのような女性であったのかを聞いた時に、祖父の恵吾と祖母の妙子が真守を気遣って、母麗佳との思い出をあれやこれや話してくれたはずであった。しかし、「楽しいことが大好きなお母さんで、真守ちゃんをとても大事に思っていたよ」と答えてくれていた言葉のみはっきりした記憶として蘇り、肝心の母親のヒトとなりについて話してくれたことはごく薄ぼんやりとしていたものだった。父の雄一が、母麗佳の思い出を一切口にすることなく、写真さえ見せてももらえなかったことが禍したのか魔法の呪文をかけられでもしたように、不思議とまったく何も思い浮かばないのだった。

やがて、友里恵のことも徐々に記憶が薄れていって、気にしない存在になっていくのだろうか。それは今でも真守には認めがたく思われた。やがて自分自身の意識まで完全に抹消され、無になってしまうことは考え及びもつかない。

友里恵がこの世に存在していた時に気にしてくれていた家族や友人らは、この世から姿を消してしまった友里恵に対してどれだけの思いを持ち続けているものなのか。二十世紀記念パークで時間を気にしながら懐中時計を取り出した友里恵が、祖父からの卒業プレゼントと嬉しそうな顔をして、祖父に感謝してみえた光景を真守は思い浮かべていた。その祖父や父母はまだ健在なのだろうか。

友里恵に『ひとりでいるのが好きなんだ。それって変？』と聞かれて、真守にとっては日常そのものだったので、すんなりと『別に』と言っていた。

あの時、真守自身は友里恵に自分の家族の情報をひとことも話しはしなかった。祖父母のことを話したら、友里恵にもっと親近感をもってもらえたかもしれないのにと思った。真守にとって、父親は大事な存在と心に受け止めてはいても、空気のように普段はあまり気にもしていなかった。雄一が仕事を家でしているると感じることで、充分に事足りていたからなのだろう。父親を全く気に掛けたりもせずに、真守は真守で何かして過ごしていた。

今は九州で生活している父雄一の事が無性に懐かしく思いだされたりする。これは離れてみて、初めて思いがいったのであった。仕事上で停滞気味になろうが負けん気の強い真守は、これまで生前贈与を受けた立場もあって、どうにか軌道修正しようと躍起にはなっても、父雄一にすがる気もなく歯を食いしばって貫いてきた。

ただ、気まぐれのようにふと人恋しさが募ってきた時に「これでお前の面倒を見なくて済むな」といい放った雄一の言葉がひしひしと身に響いた。それは「もう父さんのことは頼りにするなよ。お前もひとりで精一杯気張って生きていってくれよ」とより冷たく引導を渡されたような淋しさであった。

真守がもの心のつく頃には、母の麗佳は既に死のベールに包まれてしまっていたので、はっきりとした記憶がないけれど、母麗佳のイメージ像に憧れる自分はいる。

父雄一の突き放したような言葉を唯一慰めてくれるのは、やはり二十世紀記念パークで別れ際に友里恵から掛けられた『真守君と話せて今日はとっても楽しかったぁ……』『またここで会いたいなあ』という言葉であった。

付き合い上手な真守の友人大野が真守の目に浮かんで、その大野に、真守はなんと淋しい人間関係しかないいんだろうと不思議がられるに違いないと思いながらも、真守にとっては、友里恵の言葉はこの世に生を受けてただ一人、女の子から掛けられたラブコールであった。

真守と出会ったひと時は、友里恵にとってはどれ程の思い出となっていたのか。友里恵に確かめようにも、会うことは最早、真守には叶わない。死んでしまったものは気にしても仕方がないのだろうか……。

やがて、真守自身の身にも、いつの日かこの世を去る順番が回ってくる。死によってなにもかもシャットアウトされてしまう。当人にとってもどうにもしようもない不思議で不条理なものだと真守は思い続けながら、子供の頃から〝死〟というものを遠くへ抛(ほお)れずにいた。これまで躍動(やくどう)していた身体が姿を消して、生きている者と永遠に別れていくとしたら、その前までの語らいはいったい何を意味していたのだろうか？

だが、その空虚さしか残らないような現実を埋め合わせできる手立てなど、ありそうには思えない。真守の心を鎮まらせるような解決方法はいつまでも何も見いだせそうには思えなかった。

周囲から滑稽がられるこだわり性の真守は、生と死を分かつ不可能な断絶に、少しでも風穴を開けたくなる闘志だけはムラムラと湧きあがり続けていた。

時間はただ流れていくばかりで、ヒトの手に負えようもない。タイムマシーンの実在など物理に精通しているわけでもなく、真守には超常現象的なものに想像を掻き立てていくような霊体験も全くない。真守の知識範囲からいってもその方面に可能性を突き詰めてみる気はなかった。

せめて、今の自分の思考・思念的なものでも「自己保存」にして残せないだろうか。やがて自分が無になってしまう時、自分の思考を更に継続できる道筋は残せはしないかなどと考えた。そのためには遺伝子のコピーが最有力に思えた。だが、思考方法において継続できたとしても、それが今の自分の意識と繋がるわけではない。

ただ、自分と思考形態がより相似するような模型媒体を作ることは可能であり、事故で脳のダメージを受けた患者への治療として、遺伝子を人工遺伝子に置き換えて一部を人工臓器の移植で補うことは既に行われていた。だが、たとえ有効ではあっても、ここでも倫理規制があり、ヒトの意識を完全な人造人間化へと組み換えるような取り組みはまだ聞いたことがない。

といっても、多分、表面的にその成果が現されていないだけだ。その研究がなされてないとはいい難いと真守などは思わずにはいられなかった。既に、記憶媒体を受け継ぎつつあるクローンの研究は密かに推し進められているのに違いなかった。そして、自分の身体の多くが人工遺伝子や他者の内臓で占められていて、人工の記憶媒体さえも脳組織の多くを占めている億万長者なども既に存在しているのに違いない。ヒトの中には、可能であることをそのままにはしておけない連中が必ずいると真守は思っていた。だが、特権階級の更なる寿命延長を願うことが対象とされるだけなのだ。もしかして、違法の中での研究成果は多々あるのに違いない。しかし、世間への公表は無理であり、当面、一般に還元されることはない。

真守の頭の中から捻り出されたのは「自己保存」という言葉だった。生から死へ向かう際に身体が朽ちていくと共に、自分の記憶や意志みたいなものまですっかり消え去るのは何が何でも辛く思えた。自分の遺志なりこの世に残せないものか。やはりまずはそこからだ。真守は単なる気休めかもしれないけれど、身も心もすべてがこの世から抹消されてしまう恐怖をやわらげたいと最初は思ったのだ。

だが、たとえ記憶と思考形態が今の自分と瓜二つの人工ロボットが誕生したとしても、真守の今の知識では、本来の自分の意識へと繋がる可能性は皆無である。

いつか、もっと年月を経れば、特権階級のように臓器移植することなく、調子が悪くなった身体の部分に絶えず蘇生へと導いてくれるようなソフトを埋め込んで、自分の身体のままで、徐々に人工ソフトが肩代わりできる部位が増えていく。それに、使われていなかった脳の活性化をも促せるようになっていくことを願っていた。でも、それよりも前に、ＡＩのディープラーニングが加速度的に進まないとも限らない。その時は、ＡＩにこの世が支配される世の中へと取って代わられかねない。子供の頃より、「わたしはＡＩが人間を超える可能性を恐れている」とホーキング博士が提唱していたことは確かだと、真守は思っていた。

もし、統合型が進みつつあるＡＩが、ヒトの良心を多く持つこともなくて、単に合理化の整理のみを目指していくのであれば、新人類が誕生する前に、それこそ、直ぐ先の時点でもそれは可能かもしれない。真守は、万が一、ＡＩが合理化を目指して邁進していく事態を思うと一気に寒気を覚えるようになった。

アンドロイドがヒトをひたすら合理化という方針から管理して追い詰めるようになっていくなど、考えれば考えるほど恐ろしい。アンドロイドが合理化を推進していく能力は何もアンドロイド自体が気持ちを持たなくても、正にマシーンの機能として実行していくことが可能なのだ。アンドロイドが合理化を阻害するものを探し出していく能力は、ヒトよりはずっと上であり、見落とすことなく摘発できるのに相違なかった。

もし、人間が確実にアンドロイドから排除していく対象と認識されていくとしたら？　真守は瞬く間にその危険性が人間に及ぼされていく被害は計り知れないものに違いないと本気になって考え始めていた。そんなことになる前に、合理化めがけて突き進むＡＩに対抗できるような存在が必要である。

先ずは、自分が好ましく思えるＡＩソフトが併用されたアンドロイドとタッグを組めるようにしなければならない。そして、そのアンドロイドの性能が及ぼす可能性に精通して極力密な間柄を保てるようにしていく必要がある。それが、これからＡＩと末永く共存を図っていくのに今やるべきことではないだろうか。少なくとも人間を決して敵視しない機能を持ち、ディープラーニングで更に能力を拡大させていけるアンドロイドを手元において検討していく必要がある。

第三章　12の物語の選択

アンドロイドCという、ヒトの感情を解してくれそうなＡＩの登場は、真守にとって、正に人間とアンドロイドがより良好な関係を保ち続けることを模索していく、一つの絶好のチャンスが与えられたような気がした。

アンドロイドCのオーダーにあたって、Ａ社からは、本・戯曲・映画より12編の物語を挙げることが購入者に求められていた。それから、真守の年代の多分野からなるベストセラー図書ランキング１０００の読み物のチェックと、電磁波式エゴグラム性格診断も加味され、真守が求める理想的な女性像が生み出されると明記されている。

にもかかわらず、真守の求める女性的特質を創り上げていくのに見合いそうな物語は、祖父恵吾と祖母の妙子と読んだひと昔もふた昔も前の本や、一緒にみたＤＶＤ以外は全く知らなかった。真守は子供の頃から科学の分野に夢中で、ＳＦやホラーの映画や小説は知っていても、名作映画や文学的な小説を自らは読む習慣がなかった。

結局、印象に残った物語として掲げたのは「人魚姫」「オズの魔法使い」「雪の女王」と、「不思議の国のアリス」、児童向きの「堤中納言物語の虫愛づる姫君」と「キュリー夫人伝」、漫画「火の鳥 復活編」、映画では「スター・ウォーズ」「コンタクト」と、アニメの「ハウルの動く城」「エヴァンゲリオン」、どれも既に亡き祖父母である恵吾と妙子と共に、子供の頃に目にしたことがある相当に時代遅れな物語ばかりだった。

その中に一つだけだが、「火曜クラブ」（アガサ・クリスティ著）という推理小説を入れておいた。主人公はミス・マープルという推理好きでチャーミングな老婦人だ。「ハウルの動く城」の十八歳の主人公ソフィーが、魔法で九十歳の老婆に変えられたりはするが、それはあくまでも体だけのようである。皆、若い主人公ばかりなのが何となく物足りなくて、真守の遊び心から老成した主人公を入れてみたくなった。この物語も祖父母が好み、母麗佳の愛読書になった本に変わりはなかった。

祖父の恵吾と祖母の妙子は、母麗佳が読んだ新しい世代の物語を真守にたくさん読むように勧めてくれたものの、ひとりでは大して読むことはしなかった。それに、祖父母と接点を持った本が懐かしく、結局、思い出深い彼らと繋がる本から12編の全てを選んでいた。そもそも真守が憧れている古き良き時代に生きた主人公たちの感性が、新しい時世にどのような順応性を示してくれるのか、試してみたくもあった。

第一に、働き者で責任感のあるアンドロイドではあっても、容姿まで隙なく、精巧そのものを誇るようなクリアな人工マシーンにみえるのはつまらない。祖父母の恵吾や妙子から感じ取れるような、何となくのほほんとくつろげそうな、どこか懐かしい昔の雰囲気がアンドロイドCの表情の一端から読み取れることを期待していた。これからの科学の進歩に着目したい思いはあっても、もし、タイムマシーンなるものが本当に存在するのなら、祖父と祖母がいた時代に行ってのんびりとした懐古的な雰囲気に浸たりたいという夢も、真守は子供時代からずっと胸に秘めていた。

自分の相棒となってくれるような存在だとしたら、気分はあくまでもまったりと寛げそうな相手であって欲しかった。真守は歳を重ねることで、知識の集積や技術の習得に少しの違いを感じはしても、自分が大人へと成長したという、確固とした自信や実感はなかった。そのために相棒とは、気取った大人の会話を特に交わしたいなどとは思ってもいなかった。二桁多い価格のロボットなのだから、そこら辺の空気を読みこんで制作してもらえたらなどと願うものの、作製者等の独自のセンスにもよる。アンドロイドが製造される過程で、作製者の手に委ねられ、多岐にわたる分析方法によっても、独自の性格形成には様々な洗礼を受けているのに違いなかった。真守は、購入したアンドロイドCが自分の好みにぴたりと合う微妙な調整加減を期待するのは早計にも思えた。だが、内心、A社のセンスに希望をかけてもいた。

真守が選んだ物語は、現代風なストーリーにこだわることなく、祖父母と母由来の物語を選び、平安時代に遡った古典まで含まれているといってよかった。

かなり古色蒼然としているので、A社は手こずるに違いない。その12編の傾向から、実際、どのような女性アンドロイドが誕生するのであろうか。ただ、古い時代の物語とはいえ、これらのヒロインたちは自分の夢を追い求める女性たちであるのに違いない。

注文するアンドロイドCへの希望年齢はアンドロイドに希んだ技術水準に合わせて、真守が起業した時と同じ、専門課程の修士卒二十四歳にした。A社のプログラマーからは、三十歳にもなった注文者の読書体験かと不思議がられ、苦笑されたのではないか。真守はこの選択を面白がったり恥ずかしく思ったりして、気分が落ち着かないでいた。

これらの物語の主人公に共通しているのは、昔の物語ながら、あくまでも主人公たちが物事の本質を知ろうとして単独行動を取っているところであった。真守が思うには、好感を持った友里恵は、その主人公たちにぴたりと当てはまっているように感じられていた。

真守は、祖父母と読んだり、読むことを薦められた12編の昔の物語を、今一度、サラッとでも目を通した方がいいように思った。カビ臭さと古いインクと紙の匂いが立ち込める前時代の空気が漂う書庫から探し出してきて、手に取ってみる。昔のＤＶＤは最早、再生が困難なので、同じ物語をあらためてリクエストすることにした。

物語に登場する女主人公のみではなく、周りの登場人物、背景からも真守は色々な思いに馳せられた。12編の物語の選択は、読み返せば読み返すほど、これから自分の着手しようと思っているＡＩとの共存を考える点から、寧ろ、もっとも理に適った選択であるように思えてきた。

1.『人魚姫』（ハンス・クリスチャン・アンデルセン）

人魚姫が住んでいた海底には、さしずめ城や木々や花が咲いている風情の庭がある。そして、鮮やかな色と大きさや形態も様々な魚たちが鳥たちのように泳ぎまわっているという。木々は青色と表現されていた。一昔前の海の世界でみられたような、海藻類の大きなのや動物類に属している珊瑚の中の種類などが木のようにみえるのだろうか。

このアンデルセン童話は、今でも子供向けの立体アニメになっていた。舞台背景になる仮想現実の世界に入り込んで、登場キャストを間近にしながら物語を知ることが出来る。

海底の世界はファンタジックな美しい世界が広がっている。ただし、アニメの人魚姫は瞳がガラス玉のように輝いて、ルックスは現代風である。真守はその人魚姫に感情移入することができそうにはなかった。仕方なく、自分の好みに合った人魚姫を空想しながら、仮想現実の背景に浸った。

人魚姫は恋してしまった王子のいる人間世界に、何ものにも代えがたいほどの憧れを持った。人魚姫は思いきって、海の底に住んでいる魔女の家を訪ねてみた。そして、ひれを歩く足にかえてもらえないかと熱心に懇願する。ついに魔女の口から、ひれを足にかえてやってもいい、という言葉が出た。ただし、その足は軽やかに歩けるには歩けても、絶えず痛みも伴うともいわれた。その上、王子に気持ちを伝えられる美しい声まで交換条件として魔女に差し出さなくてはならないという。極めつけは、人魚の三百歳という寿命が人間となると共に失われる。もし、王子の心を人魚姫が最愛の存在として射止めることができなくなったことがわかったら、心臓が破裂してしまうのだという。そして最後は海の泡となって消えていく運命が待っているらしい。

それでも、人魚姫はヒトとなって王子の元にいくのを断念できずにいた。そのことから真守は、高額のアンドロイドCを手に入れることをあきらめきれずにいる自分を重ねていた。もし、手に入れたアンドロイドが期待外れなもので、何の役にも立ちそうになかったら、真守は全財産を失って、その目論見は泡のように終わりを遂げることになる。

人魚姫に、たとえ美しい声が失われても、王子に自分の思いを示せるようなきれいな姿と軽い上品な歩き方、澄んだ眼は失わないですむと魔女がいったので、人魚姫はついにその交換条件を受け入れてしまった。真守もアンドロイドCが感情を持つ存在なのを信じて購入する方向へと傾いた。

真守は子供の時から、大事に思えるヒーローやヒロインが死んでしまったり失恋するような名作といわれる物語は大嫌いであった。それなのに人魚姫の話に惹きつけられたのは何故なのか？

人魚姫は美しい声の持ち主であるのに、その声を出して自分の気持ちを進んで人に話そうとはしない。自分の思いを人に告げるのが苦手そうな内気な姫にみえていた。その口数の少なそうなところに思いがいったからなのかもしれない。真守自身は場合によってはおしゃべりではあるものの、自分の思いや考えをヒトに理解してもらうのは苦手な方である。人魚姫は一生の中で、どれだけ自分の思いを相手に理解してもらえたのだろうかと、幼かった頃の真守はその点が気になって祖母が読んでくれた物語に耳を傾けていた。

人魚姫には優しい家族がいたのにもかかわらず、そして平和で風光明媚である住み慣れた海の世界を飛び出していこうと決心をした。しかも人魚は三百歳も生きられるというのにそれさえも振り切ってしまう。それまでして王子のいる人間の世界を選んだのだった。

真守を置いて家を出ていってしまった父親のことにも思いがいった。真守の父は、いったい外に何を求めて家から出ていったのだろう。

何よりも、人魚姫は周りに反対されようが、自分の思いを貫き通す方を選んでいた。多くの他者から愛され、支持されたり、理解されたいという望みは、あまり持ってはいないようにみえた。

　そして、その思いが報われないと分かった時には、少し迷いはしたものの、自分の選んだ運命に対しては潔く受け入れるつもりになっていた。到底、相手を犠牲にする気にはなれない心を持っていた。海の泡になっていくという約束を受け入れるしかないと、人魚姫は思ったのだった。今の真守にはその一途さがよりまぶしく思えた。

　祖母に、退屈しのぎにと『人魚姫』を読んでもらったのは小学校一年生にもならない時だ。真守は神様の存在も永遠の命のこともお伽噺（とぎばなし）として聞いていた。ただ、その頃から、もし、ずっと死ぬことがなくヒトが生き続けられたらどんなにいいかという気持ちは既にあったように思った。

　人魚姫の物語では、ヒトは悪い心を持たなければ、永遠の魂を神様から授けられることがあるのだという。人魚姫は、自分自身はたとえその恩恵にこうむれなくても、永遠の魂を人間に授ける神という存在にも憧れを持ったようにも読めた。

　アンデルセンは情を解する童話作家なので、最後に水の泡となって消えずに、空気の精になれる望みを人魚姫にも与えたのだろう。神様の計らいで、三百年間功徳を積めば、永遠の魂が宿るという暗示が物語の終わりに提示されていた。

小さい頃の真守も、主人公の人魚姫は永遠の命というものをきっと喜んで享受するに違いないと思い、ホッとした。その記憶が微かに脳裏によみがえって苦笑した。ところが、人魚姫が愛した相手の王子の存在となると、物語を読み返しても子供の頃と同様に印象が薄い。同性のためか、王子様は余計に感性の鈍い存在のようにしか映らないのかもしれないし、どうしても、神様が与えてくれるという永遠の命の方に興味がいった。

人魚の世界は三百年という長い寿命はあっても、永遠の命を得られることはない。アンドロイドCの寿命は二百六十年である。一方、三十五歳の真守には、死後の自己保存という言葉に惹かれはしても、実際にはヒトが永遠の生命を授かることなど思いもよらない。

2.『オズの魔法使い』（ライマン・フランク・ボーム）

祖父母たちと『オズの魔法使い』を読んだ時、主人公のドロシーが孤児であり、引き取られたのはカンザスのカラカラに乾いた大草原の中の家だったことを、子供だった真守は面白がって読んだものだった。

ドロシーはめげない感じの女の子で、自分に与えられた環境に結構、馴染んでもいた。幼い真守はそれを単純に好ましく感じていたのが、今回、手にしてみたら違った見方になっていた。不毛の地に大した家財や文化的道具が何もないいまま過ごすだなんて、今では荒唐無稽のようにしか思えなかった。第一、退屈で面倒にしか思えない。

だが、孤児の主人公を引き取ってくれた家のヘンリーおじさんとエムおばさんが、決して笑わない人たちだったというところを真守は懐かしさを持って覚えていた。なぜなら真守の父は彼らに似て、滅多に笑うことをしなかったからだ。ドロシーも、そのヘンリーおじさんとエムおばさんに特に不満を持つことただ、真守とドロシーの家との決定的な違いは、ドロシーにはトトという愛くるしいペットの犬がいつも近くにいたことだ。一方で生き物を飼うことができなかった真守は、色々な工作道具や本やパソコンなどの映像に取り囲まれていた。

真守は自分にもトトのようなペットが欲しいと思って、父親の雄一にせがんでも、猫や犬などのペット類を飼うのは絶対駄目だと許可してはもらえなかった。代わりに、ピロロの前身であるミニロボットタイプのスマホを渡された。

大竜巻によってドロシーの家が巻き上げられて、その中に留まっていたドロシーとトトが不思議なオズの国へと運び込まれた。住み慣れた懐かしいカンザスから遠く離れてしまったようで、ドロシーはカンザスに戻りたくて、その道しるべを知るためにオズの国を訪ね歩くことになる。

祖父恵吾と祖母妙子がオクラホマを自動車で移動していた時に、竜巻警戒情報を耳にしたことがあったという。大竜巻に呑み込まれたらどうしようかと気が気でなかったと聞いて、真守は竜巻が怖くなって、夜、眠れなくなったことを思い出していた。

物語で、ヘンリーおじさんとエムおばさんがいる家に帰れる方法を教えてもらうには、オズという魔法使いを訪ねていくといいと、ドロシーは北に住むいい魔女に言われる。

道の途中で、脳みそまでがわらというカカシの人形と、ブリキの体のキコリ、とても臆病そうなライオンがドロシーとトトの道連れとなった。キコリは、実は人間の体をほとんど失ってしまったために、ブリキが体の多くを占めるようになったのだという、ヒトともロボットとも区別のつかない存在だった。彼らとはオズの魔法使いに願いを叶えてもらうために共に訪ね歩くことになった。

キコリは、わるい魔女の呪いでどんどん傷を負っていき、身体の大部分をブリキに変えられたために、血も通わない体になってしまった、そのために心を失ってしまった、と思い込んでいた。その部分を、幼かった真守は特に印象深く覚えていた。

自分は心を失くしてしまったため、今では気をつけていないと小さな虫さえうっかり踏みかねない、とキコリがこぼしたところを真守は寝床に入りながら祖母の朗読で耳にしていた。幼い頃の真守は「心がないだなんて勘違いしているよ。充分に優しいじゃん」と睡魔に誘われながら呟いていた。ヒトと同じ身体ではないアンドロイドC‐由利香は、自分の身体のしくみとヒトとの違いをいったいどのように思うのだろうか？

　旅の途中、わるい魔女の妨害や幾多の困難や障害に対して、お互いに勇気や知恵、力を振り絞って助け合いながら、ドロシーたちは万能の魔法使いのオズが住んでいるというエメラルドの都へと向かった。

　物語が終わりへと向かうところで、いよいよオズの魔法の威力を目にできると思ったら、それがインチキであったことを知る。ただのお年寄りが手品みたいに仕掛けを使って魔法使いを装っていたのだ。ドロシーたちの期待は、一瞬にして空中分解した。

　しかし、ライオン、カカシ、キコリ、ドロシーは、オズに会いたい一心で、皆で助け合って困難を切り抜けて旅をし続けてきたことから、勇気とか、思いやり、工夫すること、我慢や頑張り、努力することなど、既に解決に向けての力を身につけていたのだった。小さかった真守は、その結末に最初、ひどく拍子抜けしてしまっていた。だが、幼いながらヒトが不思議な力を発揮する時には、それなりの仕掛けがあるのにちがいないという発見に至った自分がいたような気がした。

オズの住まいがあるという美しい、でもイミテーションのような印象のエメラルドシティを見てみたい。確か、立体動画版の『オズの魔法使い』を以前アニメのサンプルでみた気がするので、真守は取り寄せようかと思った。読み終わる頃には、いくらきれいでおいしいものやふっくらしたベッドで寝ることができたとしても、エメラルドシティに居続けるのは飽きるに違いない。大人になった真守でも最後迄読むと、そう思えてきた。

再読した真守は、子供時代にオズの魔法使いに惹かれたのは、犬のトトとかブリキ人間にされてしまったキコリ、脳みそがないためにバカにされ、物事を決めるのに不自由していると悩んでいるわらのカカシに興味を持ったこと、魔法がはびこる世界の冒険をする楽しさがあったこと、何より、ドロシーがヘンリーおじさんとエムおばさん、カンザスの小さな家を恋しく思う素朴さが自然体に思えて、ヒトに嫌な気持ちを振りまかない女の子であったことに好感が持てたからだと思った。

3.『雪の女王』（ハンス・クリスチャン・アンデルセン）

ゲルダは隣の家に住むカイの幼馴染で、花が大好きな優しい少女であった。二人は気が合う遊び友達であった。

だが、ある夏の日、悪魔の鏡の小さな欠片(かけら)が、カイの心臓と眼に突き刺さるようにして入り込んでしまってからというもの、カイの性格がガラリと変わって、ゲルダをまったく相手にしなくなっていた。そして、雪の降る寒い日に、カイはソリを持って飛び出したまま、行方不明となった。

たとえ、身近で暮らしていても、相手の心の変化を知ることは難しい。父雄一は元々愛想がよくはなかったが、科学的な事象に真守の興味を向かせることがうまく、危ない目に遭(あ)いそうな時には何かしらかばってもらっていた気がした。それで、真守はいつも最終的には父親からフォローされているという安心感を持つことが出来た。だが、雪の女王の下へと去っていったカイのように父雄一も、真守が起業し始めるやすぐにもムッツリとしたまま、あまりにもあっさりと家を出ていってしまっていた。

ゲルダはカイを探し求めて旅をする。カイが雪の女王のソリに乗せられて北のラップランドへと連れ去られていったのを見たとカラスに伝えられて、ゲルダはそこにある雪の女王の城を目指して突き進んでいった。

子供だった真守は、雪の女王の怜悧な魅力、オーロラで照らされた城、雪の結晶やガラスのプリズムのようにキラリと冴えた幻想的な氷の美しさにも惹かれた。でも、ゲルダの飾らない一途さが気になって、カイが早く帰ればいいのにとずっと思いながら祖母の朗読に耳を傾けていた。植物を愛しみ、美しい花を咲かせることに精を出す、ゲルダの、相手を決して責めたりはしないほんわかした暖かい魅力に心惹かれていた。

きっと、クラスの女子はそんな真守を知ったら気持ちが悪いというに違いない。でも、ゲルダだったら、真守を見てため口を使ったり、決して気持ちが悪いなどといわないに違いない。若い頃に地方のアナウンサーをしていたという祖母妙子の語り口はゲルダの真似がうまくて優しく真に迫って感じられた。

　真守が思い出すアンデルセン童話のキャラクターたちのほとんどが、相手のことなどお構いもなく自分勝手に振る舞うように設定されていた。自分に都合がいいことばかりを口にして、主人公と気持ちよくことばを交わしている場面などは思いあたらなかった。

『眠りの精のオーレ・ルゲイエ』に出てくる、家具や絵など周りの調度品から自慢話ばかり聞かされる痰壺の話、『アヒルの庭で』のポルトガル種のアヒルの奥さんは、全て見栄と自己満足からの親切の押し売りばかりをして、とうとう最後には助けたはずの小鳥を死に追いやってしまうという話だったなと、真守は雪の女王の本を手にしながら、アンデルセン童話集に出てきた違う物語の一場面を思い出していた。

　真守にとって普段、他人と交じわる場は学校しかなかった。アンデルセン物語と同様に雑多に他人のいる学校は別段、居心地のいい場所とはいい難かった。学校が休校になればいいのにと真守の周囲の友人たちと時折、口にしていたことではあった。

真守はいまだに、気の合う友人と時には酒を飲んだり、メール交換するものの、ヒトとの交流を敢（あ）えて望む方ではない。

4.『不思議の国のアリス』（ルイス・キャロル）

真守がアリスに惹かれるところは、眼の前で起きる奇想天外で困ってしまうようなできごとに、いつも独り言をいうとともに、その場の思いつきによって乗り越えさせてしまうところであった。

駐車場に止められていた車の中に太めの茶虎の猫を認めると、ひょっとしてチェシャネコのようにニャッと笑いやしないだろうかと思わずのぞきこみたくなる。薬は嫌いだけど、「私をお飲み」と書いてあるガラスの蓋（ふた）つきの薬瓶（びん）は、真守にとって素敵な思い出が遺されていた。祖母妙子が、スズランやデイジーなどを挿していたレトロなスミレ色の小瓶を真守に指さして、「これは広口瓶といって昔はお薬入れだったんだよ。ここにはないけれど、蓋も素敵なのよ。

アリスちゃんの物語では、こんな瓶にお薬が入っていたんじゃないのかしらねぇ」と、教えてくれたからだった。卵型のものを見かけると、ハンプティ・ダンプティという言葉が連想され、赤や白色のバラ、トランプのハートのクイーンやキングをみても「不思議の国のアリス」がすぐ真守の目に浮かんでくる。

小学校で嫌なことがあった時には、帽子屋や三月ウサギよろしく家で陽気にはしゃいでずっと終わらないお茶会を楽しむんだ、と飛ぶようにして祖父母のいる家に帰った。アリスは穴に落ちた先の、何が起こってもおかしくないような世界で、思いついた独りごとをつぶやいて窮地を切り抜けていく。真守はそれがとても気に入って、祖父恵吾や祖母の妙子に、アリスの真似をしてみせる。ふと、その場で頭に浮かんだおかしなジェスチャーをして御託(ごたく)を並べて笑いを取ろうとした。

祖父母はアメリカから年に一度、帰国しては真守の元を訪ねてきてくれた。一ヵ月半程の滞在の間、祖父恵吾と祖母妙子からは、真守独特のハチャメチャな冗談さえも笑って受け止めてもらえた。祖父母はユーモアに長けていたため、普段と違う声色で真守に返事を返したりして、真守が羽目をはずせるような気分作りをして、思い切り皆で笑い楽しんでアメリカへと帰っていった。

だが、そのかなりくだけたところのある母方の祖父母によって、小学生の時に母麗佳の写真や動画を見せてもらったはずなのに、なぜか不思議と母の面影が記憶に残ってはいなかった。家にあった母親の写真は、父雄一の手で処分されていた。

父雄一にみつからないまま持ち続けている真守のロケットのみに母親の小さな写真が収められている。ロケットの中の真守の母親麗佳（れいか）は、優しそうな表情で微笑んでくれてはいる。でも、おすましした母親という顔をしていた。その母親は、真守の祖父恵吾と祖母妙子から生まれた子供で、ふたりによって育てられたのだ。だから、もしかして母親麗佳の娘時代の面影は、アリスのように愉快でめげることのない屁理屈屋で、いろんなことからファイトを燃やせる少女であっても不思議ではない。フン、何さって感じで、とにかく荒波なんか乗り越えてしまう。滅茶苦茶お茶目な母麗佳を真守は見てみたかった。

5.『堤中納言物語　虫愛づる姫君』（著者不明）

正直なところ、真守自身にとって、この物語の中身を知っているわけではなかった。ただ、真守の母麗佳が気に入っていた本らしかった。書庫でなつかしい昔の本の発掘を始めた時に、ふと、「虫愛づる姫君」という題名が真守の脳裏を掠めたのだった。奇跡の導きのように思えた。或いは、真守の潜在意識によって呼び覚まされたのか、ほつれ気味の「虫愛づる姫君」にピタッと目がいった。真守はその題名を目に留めるなり本を取り出した。虫を愛する姫だなんてと、胸がジーンと熱くなって何とも言えない感動を覚えた。そして躊躇することなく12編の中に入れていた。

中にどんな物語が書かれているのかは分からないながら、カマキリを手にした姫の表紙をみて、二十年以上の歳月が経った今になって、何となくうろおぼえに思い出していた。その本のほつれをみて、確か祖母の妙子は「この本を読むには補正が必要ね」といったのだった。だが、結局、補正されないままずっと書庫に眠っていたことになる。

改めて、堤中納言物語を検索して、原文にも目を通してみた。読み始めて、平安時代という遥(はる)か昔に存在していた主人公が、なぜか今でもとても進歩的な女性に思え、虫愛づる姫君に親近感を覚えるようになった。

〔人々の、花、蝶やと愛づるこそ、はかなくあやしけれ。人は、まことあり。本地をたづねるこそ、心ばへおかしけれ〕

人々が、花よ、蝶よともてはやすのは、浅はかで不思議なことだ。人間には、誠実な心があり、物の正体を突き止めることこそ、心の在り方が優れているのだ。

祖母は平安時代の物語が好きだったようで、真守は百人一首のかるたで、坊主めくりやかるた取りを、祖父も交えて三人でよく遊んだことを思い出した。

「平安時代は十二単衣を着たおしとやかでゆるりとしたお姫様たちの世界を創造したくなるけれどね、この時代の物語好きなお姫様の中には案外、真守ちゃんのようにやんちゃで好奇心旺盛なお姫様がたくさんいたのかもしれないよ。なぜなら、このお姫様たちは、十二単衣からは想像ができないくらい、山々を越えてお寺や神社に参拝に行ったりもしていたんだもの。そのことから、お姫様方はきっとお転婆だったのにちがいないって、これはおばあちゃんが勝手に思ったことなんだけどさ。……まあ、さすがにこんなに虫好きなお姫様は滅多にはいなかったかもしれないけれどね。真守ちゃんのお母さんは虫が好きだったのよ」

そういえば、祖母は虫愛づる姫君の本を手にして、この本は補正が必要と本棚に再び戻した時に、麗佳は虫が好きだったと確か言ったような……気がしてきた。真守はその際に本を読んでみたいと祖母にせがんだのだろうか？　手に取って読んでもいない本のことを覚えていたとは——記憶という気まぐれなミステリーとしか思えなかった。それに、祖母が確かにそう言ったとしたら、祖母が母親としてみた娘麗佳について伝えてくれた真守のこころに響く希少な情報である。

ところで、十二単衣を身にまとった姫が野山をどうやって歩いたのか？　真守には想像がつかなかった。物語の姫の親たちは、毛虫をも観察し続ける姫を外聞が悪いと気にしていた。

この姫は「一向に気にしません。すべてのことを究明して終わりを見るからこそ、物事ははっきりわかるのです。（見た目などとは）とても幼稚なことです。毛虫が蝶となるのです」と言い切ったところに真守は拍手喝采をしていた。少し無理をしてそうなのに自説を曲げないで頑張る姫も中々いいかもと、実際には女性ときちんと付き合ったことのない三十歳の真守は思う。

今の時代に生まれていたら、さしずめ昆虫博士になれただろう。なによりも真守の目にゴーイングマイウェイを押し通しているお姫様として映ってみえていた。

真守は、クロヤマアリやトビイロシワアリのことを、友里恵がとても生き生きと話していた時のことを思い出していた。やはり友里恵と重なるところが、かなりありそうだ。その上、ほつれ気味になるくらいこの本を母は気に入っていた。もしかして虫自体を母が好きだったとしたら、母と友里恵の何とも喜ばしい共通点である。この本が好きだったのだから、その可能性はとてつもなく大きい。「真守ちゃんのお母さんは虫が好きだったよ」と祖母がいったような……？　本を閉じると、突然、祖母の声を聞いた気がした。

6.『キュリー夫人伝』（エレノア・ドーリー）

キュリー夫人が生まれたポーランドは、当時帝政ロシアに併合されていて、圧政を強いられてきた。キュリー夫人ことマリーは、稀に見るような頭脳の持ち主で、家族を愛し、勉強に励むことにも喜びを感じるような少女であったとはいえ、家が貧乏なために気持ちよく勉学に精をだせるような環境には恵まれなかった。

マリーが書いた詩

きびしさつらさにたえて、少女はまなんだ。
まわりをとりまく若人たちは、
のんきに快楽ばかりをおいもとめた。
少女だけ、ひたすらひとりぼっちで、

たのしく、陽気で、心を大きくそだてていった。
流れる時が、やがて、
知識と芸術の国から少女をおいやった。
それは、灰色の人生の途上で、パンをうるため、
しかし少女のたましいは、あのせまくまずしい屋根裏べやの
すみを思ってなつかしむ。
だまってはげんだしずかなへやを、
運命の思い出にみちみちたあのへやを。

いくら優秀なマリーでも、やらなくてはと決意したことを成し遂げていくには、静かな空間で、二つ目にいいと思っているものには、見向きもしないくらいの犠牲を払わなくてはならないのかもしれない。やりたいことを一つに絞って、誘惑を抑え込めるなんて、やはり天才は天才だけあるんだ。アンドロイドCにはこの向学心に匹敵するようなディープラーニングという技を持っている。

真守は父雄一を天才とは微塵も感じたことはなかったけれど、教材工作のた

めに作業台でコツコツと励んでいた姿は嫌いではなくて、父親の唯一誇れるところだった。

マリーもピエールも、最初に付き合った相手には失望を感じて悲恋に終わっていた。もし、以前付き合っていた人と別れていなければ、お互いに知り合う機会もなかったかもしれない。そう思うと、マリーとピエール・キュリーとの出会いはそれこそ奇跡のように感じられた。

ピエールが「恋をしている女は、ほんのいっときの愛のために世界の偉大な天才を犠牲にしてしまうだろう」といったことが、キュリー夫人伝には書かれてあった。「女性の天才はまれである」とも。そして、同じ領域の学問を志す傑出(けっしゅつ)した者同士が恋人として、夫婦になれるように出会えたのだ。

真守は自分のひらめきや努力はたかが知れている気がして、天才になりたいとはこれっぽっちも望んだことはなかった。だが、友里恵とは、もしかしてキュリー夫妻のようにベストパートナーになれていたかもしれないという気持ちをまだ引き摺(ず)っていた。

それにしても、手に入れたアンドロイドC-由利香がどんどん実力に磨きをかけていって、しかもマリーのような性向で延々と励み続けていくとしたら、どのような将来が待ち受けているのだろうか？　真守のことが、相手として段々不足になっていくのでは？　もしそうなってきたら、買主である真守が置いてきぼりを食らって拒否される方向へと向かうのだろうか？　良心を持つ人間的コンテンツを備えてもいるということなので、憐憫（れんびん）の情を施されてそこまではいかなくても、理屈ばかり考えながら直ぐには反応しないヒトだとがっかりするのかもしれない。頭の回転が遅くて、厄介（やっかい）に思える存在になっていくのが眼にみえた。

「これはヤバいぞ。12編から除こうか。より優秀なアンドロイドがどのような段階にいるのかを分かりたくて購入を決心したはずなんだけどね」と真守は「アハハ」と声を出して笑った。「でも、ディープラーニングのソフトが組み込まれているアンドロイドCが、いつまでも人間と同じ進度でいるわけもないよね？　アハハハ。こりゃ、マイった」まだ会ってもいないのに、いったいどのようなアンドロイドの成長があるのか、想像を廻らしながら、真守はブツブツ独りごとを楽しんだ。

祖父恵吾は自分の娘、真守の亡き母麗佳に勉学に目覚めてほしいと思って「キュリー夫人伝」を買い与えたのかもしれない。そして、真守には、駄洒落や冗談を面白がるのは結構だけれど、勉強の方は大丈夫なのかと気にしたに違いない。この本は、お母さんにあげた本だけど、たまにはこういう本も読んでみなと、小学四年生になった時、手渡されたのだった。

見惚れずにはいられないほど理知的に見えるキュリー夫人のポートレートが画面に出てきてから、ポロニウム、ラジウムという放射性物質発見という功績が紹介された映像を以前、目にしたことがあって、マリー・キュリーという研究者はどのような人生を歩んだのか、気になっていた。女性の偉人伝など自分からは手に取りにくかったが、祖父に薦(すす)められたのでそのためらいは消えて、どんな一生を送ったのかと興味津々になって読んだのだった。

7.『火の鳥　復活編』（手塚治虫）

　母親麗佳の蔵書には手塚治虫の本が網羅されていた。真守が子供時代に時の流れに注目することを覚えたのは、手塚治虫の本によるところが大きかった。母がこれらの本を手にしていたんだと思うと、はっきりとイメージ像が浮かんでこない母ではあっても、懐かしい空間をそこはかとなく共有しているような気になった。蔵書を手あたり次第抜き出して手にしてみると、真守は子供の頃、ほとんどの作品を読み漁っていたことに思い至った。

『火の鳥　復活編』を改めて手にしてみただけでも、ヒトが生き続けたいという願い、生き続けるとはどういうことかを見極めようと欲していた情熱が、ほとばしってくるように感じられた。生きていることを出来るだけ長く実感しつづけていきたいという真守の思いは、手塚治虫の心の叫びに共鳴しているように感じられた。

　真守は、手塚治虫の作品を読み直して、益々奮い立たされていた。ヒトの歴史を絶やさないためには、まず、ＡＩが自己保存の欲求に安直に目覚めてしまうことを、どうにか食い止めなくてはならない。今のタイミングを逃してはならないのだ。

火の鳥シリーズは、黎明（れいめい）期、古代編から未来編までが描かれている。そして、その未来は再び創世の時代へと輪廻（りんね）していくような工夫が凝（こ）らされていた。

全編に登場するフェニックスである火の鳥は、百年に一度自らを火で焼く。たとえ瀕死（ひんし）の状態になっても再び火から再生し始めてしまうような、永遠に生き続けていくことができる鳥であり、すべての時代をみつめてきた。

復活編のページを開くと、そこではアンドロイドやロボット、様々なＡＩが生活の中で取り入れられていた。手塚治虫が生きていた頃からだと未来に相当するだろうが、復活編の世界は、今と、かなり近い時代のよう思われた。真守がまだ赤ん坊だった二〇二〇年前後の世界を出発点にして、年代はややずれているとはいえ、現実も手塚治虫の世界と同じように進歩しているようにみえていた。

五十種類の絵本がスクリーンに映って、組み合わせによって自由にお話が変わるオモチャは、今や更に発展していて、仮想現実でそれが実行できるまでになっている。出回っているアニメや漫画に比べて、手塚治虫作品は、きわどさやリアル感はやや物足りないとはいえ、方向性は合っていると真守は思った。

一九二八年に生まれて、一九八九年に亡くなっているということは、手塚治虫は百二十年ほど前に生まれて六十年以上も前に亡くなっている人物だ。手塚治虫は多作の漫画家でひっきりなしに原稿に向かっていた筈なのに、ここまで未来を予測できたのはＳＦの知識も半端ではなく、そこからの発想にも恵まれていたのだろう。やはりすごい、と真守は手塚治虫の沢山の著書を前に、恭（うやうや）しく頭をさげた。

今や体の半分以上が人工細胞で、頭の中も頭脳の活性化を補うチップがかなり埋め込められているヒトも存在する、少なくとも今では人工細胞が進化を進めて内臓の代替が進んでいる。

もし、ＡＩの進歩が独走することがないとする時、自分自身も人工細胞のお世話になりながら長寿を全うしていくのだろうか？　最晩年には、もしかしてアンドロイドに近い存在にさえなってしまっているのでは？　そうだとしたらいったい幾つまで生きられるのかと胸算用する一方で、身体のほとんどの臓器が人工になってしまうのをリアルに思い描くと、真守は背筋がゾッとなった。

仮に延命と頭脳の活性化を願い、内臓や脳のかなりの部分を人造細胞と置き換えたヒトが、純粋なヒトともいえない存在なのではと悩むことはあり得るだろうか。それから、ヒトは脳のかなりの部分を人造人間化している相手と、恋をあたりまえにするようになっていくのかもしれない。

でも、この場合、あくまでもヒトの世の中が平穏に時間を重ねられたらの話だ。そして知識を統合化して更にディープラーニングが進められたタイプのAIと、ヒトとはどこまで拒否感を持たないでお互いに認め合い、合体できるのだろうかと真守は考える。

アンドロイドC‐由利香を購入することで、どれだけヒトとAIとの二人三脚の将来を占えるだろうか？　一つのサンプルにできたらと真守は願うものの、この問い自体、大地震が近い将来起こると予想されてもピンとはこないのと同じなのかもしれない。一般受けするような効果は大して得られないのではと、真守は時に悲観的な気分にもなる。

進歩しつづけていくアンドロイドと、これからどのように付き合っていったら、世の中の秩序が末永く平穏に保たれるのだろうかという類いの憂いは、明日、明後日どうなるという問題ではない。世の中の大半のヒトビトはＳＦの物語としてなら興味を持つ。でも、現実問題として深刻に悩んだりはしないのかもしれない。

それに、メディアが正しい情報を伝えてくれるという期待はあてにはならない。だからできるだけ多く、ＡＩとの関係のサンプルはリアルにヒトの前に提示されていったほうがいいにちがいない。さもなければ、流れに身を任せるしかないのだという空気が蔓延したまま、時はいたずらに流れていってしまう。その間にも合理化を尊ぶアンドロイドは着々と進歩を遂げていくだろう。

ただ、真守が躍起になったところで、大した説得力とはならないまま世の中は変化してしまうのかもしれない。でも、それだからといって手をこまねいてもいられない。手塚治虫のような表現力など持ってはいない真守には、進化を続けるＡＩと実際に向き合うことが最大限の警告を呼びかける発信へと結びつけられるものなのであった。正直な所、まず真守自身の不安を鎮めるために、

Ａ社が喧伝する明晰な頭脳と繊細な心が躍動するというアンドロイドＣを是が非でも手に入れたくもあったのだった。

ＡＩが縦横無尽な形で進化を遂げていくことから、これからのＡＩの進歩は、一般のヒトには想像もつかないくらい目覚ましいものとなっていくと真守は危惧している。ＡＩ独自の統合化が進む中、ＡＩがより合理化に目覚めていくとしたら、そこから世界がおかしくなっていく。

もし今の世に手塚治虫が存在していたら、そんな思いに囚われた真守を面白がってくれるだろうか、それとも、もっと説得力のあるアニメを制作してくれていただろうか。

手塚治虫の物語を目にすると、真守自身も先の世について、様々な空想世界へと誘われていく。だが、これは単なる漫画の世界であって、現実と短絡的に結びつけられるものではないと、笑われるだろうか。でも、ヒトビトがどれだけこれからの世界に関心を向けて想像力を働かせられるかが、この先の未来を占うことに通じるのでは？　そうじゃありませんか、と真守は手塚治虫に問いかけたい気持ちでいっぱいだった。

『火の鳥　復活編』では、ヒトの良心を持ったロボット「ロビタ」が権力者の息子の死に関わったことから、同種同型である「ロビタ」全てが溶解処分にされてしまった。

それにしても手塚治虫は実際のところ、未来世界にどのような構想を描いていたのだろうか？　手塚治虫は再び過去へと回帰することまで描いている。その漫画は単なる娯楽として描かれたとは、真守には思えなかった。

なぜなら、ＡＩによる脅威がヒトに降りかかってくるのは、このままヒトが自分の身になって考えることをしなければ、真守にはまんざら遠い未来とも思えなかった。ＡＩの統合化が進む中で、アルゴリズムによるデータ集積が今でも益々加速されていることを思うと、焦りさえ覚えて背筋が凍った。ＡＩ対策が甘く感じられるのは、ＳＦ世界のことではなくまさしく現実なのだ。

ただ、真守は残念ながら、手塚治虫の物語に出てくる女性に恋い焦がれたことはなかった。それよりも手塚治虫の物語をひとつは12編の中に入れたい思いが先にあった。

『火の鳥　復活編』の、チヒロという犠牲的精神を持った女性型ロボットは、あまりにしおらしくてはかなげなために哀れに思えた。真守の好きなヒロインではないけれど、現実の女性を思えば受け入れられる気がした。そして、何よりもチヒロはこれからの近未来の中に描かれていた。

天使のような真心を持つというアンドロイドCは、ヒトとどれ程、こころを通わせてくれるものになっていくのだろうか？

8.『スター・ウォーズ』（ジョージ・ルーカス）

スター・ウォーズの中で、レイア姫の存在は揺るぎないものだ。常に冷静な判断力を持って信頼を裏切ることなく危機を乗り切っていくカッコよさがある。真守はこのレイア姫が一番、フォースという至高のエネルギー体と一体になり、銀河系宇宙の平和のためにライトセーバーを見事にかざせる存在にみえていた。

この銀河系世界は人間と異星人とロボットが共存している世界で、世界制覇を試みるシスという悪の集団が暗躍していた。これからの世界は、ヒトとアンドロイドの関係がより拮抗していくのは確かではあるが――。

キュリー夫人、スター・ウォーズの物語のレイア姫、彼女たちは歴史的英雄ともいえるような人物だ。そんな人物達を12編の中に入れて、いったいどのような性格を持ったアンドロイドC - 由利香をA社は目指すことができるのだろうか？

そもそも手に入れるアンドロイドCに真摯に人間性を期待する自分もおかしい。やはり高級なオモチャを手に入れてしまったと思うぐらいが関の山なのかもしれないと、真守は思わず苦笑いした。

9.『コンタクト』（ロバート・ゼメキス）

カール・セーガンという、真守の祖父恵吾の世代の天文学者が書いた物語が元になっていて、子供の真守は祖父の説明と共にこの映画を見て、宇宙に夢を持った。

エリーは幼い時に母を亡くし、天文学者である父は天文台で地球外知的生命体探査の研究に没頭していたが、その父親もエリーが少女の時に病に倒れて亡き人となった。

ハム無線が好きだったエリーは「この広大な宇宙というスペースの中で、地球人だけしかいないのはもったいない」と父親がいっていた言葉を深く胸に刻んでいて、地球外生命とのコンタクトを夢見ながら、砂漠の天文台で探査研究に没頭し続けた。

途中資金難で探査中止を余儀なくされそうになったりしたものの、ついにヴェガから発信された電波信号の受信に成功した。信号を解読して、ヴェガ星から送信されてきた設計図、惑星間の移動航行を可能にする乗り物が製作された。地球外知的生命体との遭遇にエリー自身がヴェガ星で設計された乗り物の飛行士となって臨む。

ヴェガに辿り着いた時に、エリーの父とおぼしき幻影がエリーに話しかけてきた。エリーは初め父親らしき人物との再会に、心が浮き浮きするように見えていた。それが、実は本当の父ではなく、異星人のメッセージに使われた幻影だったのを知った時のガッカリした表情が、幼い真守の心を突いた。

とはいえ、やはりこの広大な宇宙という中で、地球人だけしかいないわけではなかったのだという憶説がこれで裏付けられると考え直して、エリーの思いは再び異星人を探索（たんさく）することへと切り替わっていく気がした。その異星人と覚しき幻影から、また会おうとメッセージが伝えられ、エリーは気を取り直すようにして再び地球に戻った。

だが、地球に帰ったつもりでいたエリーだったのに、実際には出発時刻からほとんど時が経過していないことがわかった。そのことから、宇宙へ旅立ったと思ったのはエリーの妄想であったのではないかと、政府委員会から結論付けられてしまう。ところが、カメラ録画だけは十八時間作動していたことが後になって判明した。

そのことからエリーは、広大な宇宙には、異星人は存在するのだという確信を持つ。

政府のあり方や宗教と科学、ヒトは個人個人で色々な思いがあるため、すんなりと物事は運んだりはしない。真守は、地球外生命の存在に一票を投じたいと思った。地球存続のためには、宇宙という視点もこの世では、絶対に視野に入れておかなくてはならないと、幼い頃から異星人にも関心を持っていた真守は、広大な宇宙に思いを馳せた。エリーは、宇宙の未知なる可能性に自分の生きるすべてを賭けている女性であった。

10. 『ハウルの動く城』（宮崎駿）

少女が不本意なことにも魔法使いに呪いをかけられ、九十歳の老婆になって物語が展開していく。今では、九十歳くらいであれば見惚れるくらいの美女もいるので、あまりピンとはこないけれど、真守が子供の頃は、九十歳のおばあさんは普通に見かけられたものだった。物語の少女も眼ははれぼったくなり、周りは皺に囲まれて、歩くのも大儀そうに見える。

「浦島太郎」という昔の物語を祖母に読んでもらったことを重ねながら、突然、自分の身体がギクシャクとして動きの鈍い老人へと変化してしまったら、たまったもんじゃないなと真守は他人事ながら思った。

　たぶん、二百五十年までの耐久年数を保証されているアンドロイドCは、真守が老いていっても老いを感じることもないのに違いない。そうであるなら、アンドロイドの単なる知識としての記憶より、アンドロイドCのディープラーニングによってイメージの中に浸透するように感じてもらえたら、ヒトに対する思いやりも違いはしないだろうか。

　ヒトの寿命はせいぜい百五十歳どまりであるし、百十歳にもなれば体はギクシャクとしてくるに違いない。「体の不調を心から気遣えてもらえたとしたらありがたい」と、真守は独りごちた。真守はいったいこれからどのようなアンドロイドCと出会うことになるのか、見当がつかないでいる。

　ところで、主人公の少女ソフィーは老婆にされても、前向きな健気さは消えずにいた。特に辛い思いをしている周囲の人の身を案じて、自分にできるかぎりの努力を振り絞って動いている時には、アニメではいつの間にか少女ソフィーの姿に戻ったりもする。ただ、肝心の本人はそのことに気がついていそうな様子をみせなかった。

アニメのように容姿まで若く見えたりはしないが、以前、祖父恵吾と祖母妙子の表情の中にも、ふと若かりし頃の面影を感じることがないわけではなかった。祖父と祖母が真守相手にはしゃいで見える時、真守は子供心に祖父母と自分の年の差なんて特にこだわりを覚えない時があった。

真守自身、子供の頃と今の自分の違いを思えば、声とか背丈、体つきなど身体の変化は随分と違ってはきていても、意識の面となると、子供の頃から大して変わっていないような幼い頃の自分の延長に過ぎない気分を認める時もある。物語の終わり近くになって、魔法使いの呪いは解け、すっかり少女に戻れるということを真守はわかってはいながらもホッとした。

この物語では、火のカルシファーはハウルと契約を交わす、とても重要な役割を担っていた。火は本来。ヒトの文明の象徴でもある。第一に、生存に深く関わっている。体を温め、肉や、魚、野菜に熱を通し、スープ、ケーキやクッキーを焼いたりと、火による料理のレパートリーの広がりは豊富で、陶器作りや溶接など物を加工するにも必要である。思い起こせば火にお世話になっていることははかり知れない。

手塚治虫が「火の鳥」シリーズを描き続けたのも、もっともなことである。ハウルの動く城に出てきたカルシファーという火の悪魔は陽気で無邪気っぽく、時に、神と思しき威力を持っている存在にもみえた。真守は心の中でA社に、(「火」に感謝するきっかけを作ってくれてありがとね。まさか、子供時代の物語から色々な感慨に耽ることになるなんて、思いもよらなかった）とつぶやいた。

ただ、物語は戦争のきな臭さが消え去らないまま終わった。この世では権力をかざす存在が常に悪だくみを持ち続けていることを、真守に思い起こさせていた。

11.『新世紀エヴァンゲリオン』（庵野秀明）

エヴァンゲリオンという戦闘機は、人間のパイロットと一体になれる人工人間でもあるように設定されていた。

秘密結社ゼーレの陰謀によって、人類補完計画といって全人類を単一統合させて一つの生命体にする計画が立てられていた。そうすることで他のヒトと自分の境界線が取り払われることから自我は失われて、単一の意識集合体となり、永遠の命を得ることになるという。

その計画を推し進めている国連特務機関の最高司令官である碇ゲンドウは、かなり冷徹な態度で部下にも任務をこなさせていた。対人恐怖症により気の弱そうにみえる息子のシンジにもそれに向けての任務を課して、過酷な扱いをするところがあった。

ゲンドウの妻であり、シンジの母親である碇ユイは科学者としての持論によって、人類保管計画を実行していく途を選択していた。個々人としての意識を持っている人類が、それを滅ぼそうとする使徒と闘い続けていくよりは、「ゼーレ」の望みである知恵も生命も超越した、ヒトは神の子といえる存在へと、完全な単体の生命体に向けて、更なる進化へ推し進むべきである。母親のユイはその持論により、自ら実行するためにＥＶＡ初号機にパイロットとして身を投じようとして事故に遭い肉体を失ってしまった。とにかく、遅かれ早かれ、本人が望んだように魂は初号機と一体となってみえた。妻ユイのみを渇愛していたゲンドウは、ユイに再会するためにはすべてを犠牲にしてもいいと思うようになっていった。人類保管計画を推し進めようとするのも自ら生命体となって妻ユイの魂と再会できたらという信念の力が大きかった。

「ヒトは思い出を忘れることで生きていける。だが決して忘れてはならないこともある」「自分の願望はあらゆる犠牲を払い自分の力で実現させるものだ。他人から与えられるものではない」「生まれたその瞬間から、母親ユイの愛情を一心に受けるお前が妬ましかった」「お前には失望した。もうお前に会うこともあるまい」「すまなかったなシンジ」

ゲンドウがシンジに向けて、その時その時にいったセリフである。真守はシンジが父ゲンドウに愛されていることを願っていたが、これらのセリフから、ゲンドウが息子を常にシンジを慈しんでいるという一貫性は感じられない。「すまなかったなシンジ」は、シンジに向けていわれた気遣いの希少なことばに思えた。まったく無いよりはいいものの、父親のシンジへ注がれる愛の証の言葉としては悲しく切ない言葉だ。父親のこころ不在が甚だしいゲンドウにシンジは育てられたのかと、真守はため息をついた。

エヴァンゲリオンの物語は、チャプターの冒頭や結末近くを何回か目にしたとはいえ、真守は完全に通してみることはなかったし、祖父母が亡くなってからの物語は見てはいなかった。ひとりで見るには、ゲンドウがシンジに平気で危険を伴うような酷い任務を押し付けようとするので、思春期を迎えた真守にとってはとても耐え難かった。

ただ、これまでは祖父母が真守を守ってくれている気がしていたことと、どことなくそのゲンドウの雰囲気が真守の父親に似てみえるために、怖いもの見たさから飛ばし飛ばし見たりした。そして、孤独にみえる綾波レイの存在が気になってもいた。実際、真守はエヴァンゲリオンの物語をキチンと理解できているのかわからなかった。ただ、この物語の女性のヒロインともなる綾波レイは、母親碇ユイからコピーされリリスの魂が注入されたクローンで、ロボットとも人間ともつかない存在でもある。その彼女が発することばは謎を秘めているようで、幼い真守は好奇心を掻き立てられた。冷たい父親が出てくる嫌な物語だと思いながら、母親ユイのクローンである綾波レイの発することばが気になってすべてをシャットアウトする気になれずにいたのかもしれなかった。

真守の父雄一は、ゲンドウほど息子に対して冷徹ではないのは確かである。でも、「これでお前の面倒をみないで済むな」と雄一に言い放たれた時、エヴァンゲリオンのシンジの父、ゲンドウの姿が、すぐ真守の目の前にちらついたのだった。

真守の母麗佳はなぜ、このような陰気な物語を見ていたのであろうか？　確か、「エヴァンゲリオンを母麗佳は夢中になってみていたよ」と、祖父母がいったことから、真守はこのアニメに興味を持ったのだった。真守はＤＶＤになったものを祖父母と見ていた。ＤＶＤは劇場版とテレビのアニメ版が取り揃えられてあった。

もしかして母の麗佳は、母親ユイやレイのようにゲンドウに惹かれるところがあったのだろうか？　だから、父雄一のような人間と結婚してしまったのではないのか？　と、中学生頃の真守はなんとはなしに思ったフシがあったと記憶していた。

シンジは父と母のわかりようがない関係に悩まされた。真守も父雄一と亡き母との関係に、ずっと悩み続けてきた。「お母さんみたいな女性は二度とあらわれない」といっているのにかかわらず、母親の写真をすべて処分してしまい、見せてくれない父雄一の心の内がわからなかった。

綾波レイはアンドロイドではない。合成したクローンの人間である。だが、人間のような肉体は持っているとしてもヒトの両親から生まれてきたわけではない。父親ゲンドウと亡き妻のDNAを受け継いだクローンであった綾波レイは、シンジと対面したばかりの頃、シンジにはとてもつっけんどんでとらえどころなくみえていた。

レイはゲンドウに面倒をみてもらう一方、EVA零号機のパイロットを務めさせられていた。最初、レイは身近で保護者のように連れ添ってみえるゲンドウに惹かれている様子であった。一方、シンジに対しては全く愛想がなく、レイは無関心な扱いをしていた。それが、次第に心開くようなってきて、ゲンドウよりも芯から気にかけてくれそうなシンジへとレイの感情が傾いていくように描かれていた。

父ゲンドウの指令で、シンジは人類補完計画を遂行する任務を担うことになった。人類を単一生命体に進化させるという計画である。シンジはその任務を遂行することを恐れていた。だが、対人関係で自信が持てない情況に陥った時には、シンジはもうどうなっても構うもんか、人類補完計画を実行して、争うことなく悩まずにすむ方がいいと安楽を求める気持ちへとシフトしがちとなる。

真守の母麗佳は、ゲンドウに惹かれる以上に、人間の世界の行く末に興味を持ってみていたのかもしれない。母は手塚治虫が愛読書のようでもあったのだから、と真守は思う。

サードインパクトによってヒトは単体生物となり永遠に生き続ける道を選択すべきか、今のヒトでいるのを通すのか、シンジの手に委ねられた最後のところで迷う場面が出てきた。単体生物になれば、個体としての自我が失われ、単一意識体となり、もめごとや争いがなくなる。だが、それは個々の喜怒哀楽が無くなることをも意味していた。ヒトは生身の肉体から解放され、不老不死の永遠の存在となるとのこと。クローン人間である綾波レイは、全てが統合化されていく世界とその逆の自立していく世界も知っていた。

だが、飛び飛びにしか見ていない上、劇場版とテレビシリーズの違いもあって、真守には物語自体がわかりにくく、レイの性格も定かにつかみ難かった。レイは、他の者の存在を認めることで、自分と相手との心は分離して壁ができるけれど、時に、もっと分かり合えるかもしれないという希望が持てることをシンジに訴えた。

アンドロイドC‐由利香も、徐々に人間的な性格が身についていくのだろうか？

12.『火曜クラブ』（アガサ・クリスティ）

この本は祖母の形見のような本だ。小学校六年生の時だった。

「あ～、まったくいやになるよ。イヤなことをヒトに押し付けてくるだけじゃなくてさ、〝ウザイ、ムカつく〟〝キモ～い〟シカトしよ、アイツ終わってる……」

「なあにそれ？」

「クラスの女子ってイヤな言葉をうんざりするくらい知っているんだ。フン、やめてほしいよ、まったく」

「クラスの女の子たちにとって、かまいたいと思われる真守は案外、マスコット的な存在じゃないのかい」と祖母の妙子は笑いながら聞いてきた。

『……ゴブリンでいいじゃん。アイツにやらせたら……』といってクラスの女子たちが真守に宿題提出係を指名した。みんなから一番嫌がられている係を薄笑いを浮かべながら押し付けられたことがたまらなく癪に障って、家に帰って真守は居合わせた祖母の妙子に愚痴ったのだった。ただし、ゴブリンというあだ名は酷くみっともなく思えたため、そのあだ名のことは妙子には伏せていた。

　祖父恵吾と祖母妙子は、いつもむっつりとして押し黙っている父雄一より、何の気兼ねもなく話ができる相手であった。そして、祖母妙子は真守の家に長期滞在してくれる唯ひとりの女性でもあった。否、真守には女性という範疇に入れている意識もなかった。もしそのことを妙子が知っても、怒られたりはしないとも思っていた。その祖母妙子が「少し早いかもしれないけれど、良かったらこれをお読み。ヒトのいうことを気にするなんてばかばかしいってきっと思うから」といって真守に手渡してくれたのが、ミスマープルが推理する「火曜クラブ」だった。

六年生だった真守は既にSFものや、ハードボイルドなミステリーをたまに手にしてはいたけれど、祖母から勧められたのはおばあさんが推理する小説かと、真守は正直なところ気が進まなかった。

ミスマープルは、ぽっちゃりタイプの真守の祖母妙子とちがい、こぢんまりとして、薄い青色の眼をしたチャーミングな物腰のやさしそうなおばあさんのようだ。そのおばあさんが人生経験豊富な冷静な目で、ヒトの心理を読み解きながら事件を推理していく。

ミスマープルの家に招いた甥のレイモンドを始め、前警視総監や画家、牧師、女流画家、女優、医師、弁護士らがそれぞれが知っている事件を語って、それを聞いた人たちが互いに推理をし合う物語だった。

ところが、初めは受け身で物静かに佇んでいた老婦人が、事件を名推理するなど誰もが思いもよらなかったようだ。名士や小説家の甥っ子、弁護士……、周りの人たちからミスマープルは、どのように推理したかと聞かれもしなかった。それなのに、そんなミスマープルの推理は馬鹿にできないほど鋭くヒトのちょっとした動きをよく観察していた。

「ヒトなんてみんな、似たり寄ったりですからね。ただ、都合のいいことにあなた方がそれに気づかないだけで」

「……ヒトの言うことをすぐ信じ込んで、簡単にだまされてしまうんですものね」

「……もっと年がいってたら、そして人生の経験というものをつんでいたら、あなたにしてもこれはくさいぞとすぐに用心したでしょうにね」

「……世の中には悪がはびこっていることが、このことからもわかりますわ」

「……ばかとはいえないヒトたちもかなりいるものですわ。そういう人たちにしっかりした道義の観念があればよいのですけれど、そういった連中がとんでもない悪事を企てたとしたら、いったいどんなことになるかと思うと、思わずゾッとしてしまいますわ……」

「……近頃のたいていのヒトたちと同じように、あなたが事実を直視しようとなさらないからですわ。そんなことはあるはずがないとお考えになりたいんでしょうね。でも事実は事実ですわ……」

「……人間性というものは、いつの世にも興味つきないものですからね。あるタイプに属する人間が決まっていつも同じような行動に出るのは、不思議なくらいですわ」

「…自分に疑いがふりかからないように……あくまで信じこんでいるふりをしてね……」

「……女は女同士ってことですわ……」

アンドロイドCは人間的コンテンツを持っていて、しかも、臓器が人工物に置き換えられてはいても、構造自体が人間の脳細胞、神経系統の伝達や血液、筋肉の役割に該当するような仕組みが効率よく取り入れられているという。もし、アンドロイドCがヒトのような心を持つに至るとしたら、悪用はしないとしてもヒトに対して時に嘘(ウソ)をつくこともあるのだろうか？　そして、女性型のアンドロイドは男の自分とは相いれない気持ちを持ったりもするのだろうか。強く気に留めるほどではなかったが、ミスマープルの物語を読んでふと、真守の脳裏にそんな疑問が掠めた。

「源氏物語を描いた紫式部がこんな物語を読んだらさ、きっと嵌まるだろうね。火曜クラブを読んで、おばあちゃんは源氏物語の雨夜の品定めを思い出したよ。この話の場合は、男性ばかりが集まって女性のことを語っているのだけどね」

真守は思わず、雨夜の品定めをネット検索していた。おばあちゃんは時々、子供の自分とはまったくかけ離れたことを話題にしていた。そこが面白いと真守は思っていた。

第四章　アンドロイドＣ‐由利香の誕生

12編に登場した女性の主人公達の性格が、不思議と真守の仕事にも十分情熱を注いでもらえそうな素質を含んでいることに、真守は満足感を覚えていた。ひと昔前の、ＡＩに頼りきりではなかった時代の物語なので、物事を推し進めていくのに、自分たちの情熱や心構えといったものから判断が動いていたであろう。

より人間に近いアンドロイドであってほしいので、今の時代にその主人公達を引っ張り出したのは満更、無駄な試みとは真守には思えなかった。

真守が由利香の外見に求めたものは、瀬戸友里恵みたいなほっそり型の透き通った小さめな白い手と、目は切れ長でその中にブラウン系ではなく、澄んだ漆黒の瞳であった。声は目と同様に凛と涼やかな印象にと、容姿については以上のことを真守はオーダーした。命名は、忘れることができない瀬戸友里恵の姓から瀬という漢字一文字と、名前は「ゆりえ」の「ゆり」をもらって瀬山由利香とした。

真守は購入する審査をクリアでき、製品の引き渡し日ともいえる「天使のアンドロイドC - 由利香」との出会いの日時が提示されたメールが、C - 由利香のイメージ映像と共に送られてきた。製品として自宅に届けられてこないこの方法は、周囲から、購入したアンドロイドと気付かれないようにとのA社の配慮でもあった。

いよいよ真守が、アンドロイドC - 由利香と出会える日が近づいてきた。今までのアンドロイド製品を梱包されたパッケージから取り出す時とは、真守の心の昂ぶりは違う気がした。これまでは、自宅でワクワクしながら開封したものの、それは商品としての期待でしかなかった。

三日前に真守はテレビメッセージメールを受け取った。差出人は瀬山由利香となっていた。

真守は澄んだ鈴のような声を耳にした。

「初めまして、谷田真守さん。A-C社派遣社員の瀬山由利香と申します。一週間後の土曜日午後二時半に、『そよ風パーク』の風車小屋の前でお待ちしております。よろしくお願い致します」

映像で見る限り、細見、やや小柄のようで、凛としたクラシカルな雰囲気に真守は好感が持てた。一番気になっていた漆黒の瞳は深く澄んで見える。涼し気でキリッと吊り上がった目元が友里恵に似てみえなくもない。とはいえ、実際に本物を前にしてみれば印象が違って感じられることもある。いくら人間により近づいたといっても、アンドロイドであり、真守にとっては、メカニカルに思える部分がどれほど人間に近づくような製品になってきたのか、という視点からの興味が大きかった。

破格の値段で購入したアンドロイドははたしてどのような進化を遂げているのか。最初のうちだけでも、少しなりともヒトを相手にしたような気分になれるだろうか。真守は、何度も再生して見たりしながら、そよ風パークでC-由利香と落ち合うのを待ち遠しく思った。

四月一日午後二時、そよ風パークのゲートで真守は生体認証を得て、花びらが満開になりかけた桜並木を通り、アンドロイドC - 由利香との待ち合わせ場所へと向かった。十七年前に、友里恵と訪ねた自然の宝庫のような二十世紀記念パークとは大分趣（おもむき）が違ってみえた。花の咲き始めも季節に合わせるように調整されている。そしてやや人工的な花の美しさが引き立つ公園であった。

プラズマ空気清浄化システム装置は、小型化した上に効率的にもかなり進化しているらしく、新鮮な空気と共に、公園の中は緑と花々の競演のようにどの植物も艶々（つやつや）と輝いていた。春休みの花の季節なので、憩（いこ）いの場を求めて足を運んでくるヒトビト（その中にどれ程のアンドロイドが混ざっているのか？）もいるけれど、強い紫外線を避けるためか、快晴になった四月の昼間は人波ができるほどではなかった。

風車小屋は、黄色と赤と白い花々の絨毯（じゅうたん）の奥の方にそびえ立っている。近づいていくと早咲きのチューリップの花々が黄、赤、白色と色分けされて咲き誇り、ベンチの先に広がる一面は黄色の菜の花畑であった。風車小屋の前に置かれたベンチの前に、時折、行き来する人々のいる中で、白のブラウスに明るいオリーブグリーンのジャケットとパンツスタイルの、やや小柄にみえる少女のような人影が真守に向けて会釈した。

たぶん、その人影がアンドロイドC‐由利香なのだ。どれほど好ましい女性像に近づいてみえるのか。もう少し、近くまでいかなければ分からない。ヒトの心を持つというアンドロイドが真守と交わす会話はどのようなものになるのか？　近づいていくにつれ、目が飛び出るほどの高値で手にしたアンドロイドC‐由利香への好奇心で、真守は心臓がバクバクしてきて、歩いているのが夢心地のようにおぼつかなくなってきた。

（アホか、たかが自分で注文したアンドロイドではないか。進化があるとしても、寄せ集めなのだから見せかけに過ぎない。まさか人間のような心の襞など持ち合わせているものか。あの大げさなダイレクトメールのせいだ。目の前にすればこのワクワク感も消えるに決まっている。A社め）と、真守は冷静に対応できるようにはやる心を諫めた。

いよいよ由利香との距離が2mほどに縮まった。その由利香に、上品そうな微笑みと共に会釈で真守は迎えられた。

「谷田様でいらっしゃいますか？　クリスタル・ＥＩ社の谷田代表取締役でいらっしゃいますね。あらためまして、ご挨拶をさせていただきます。Ａ - Ｃ社より派遣されて参りました瀬山由利香と申します」

鈴のような凛と透き通った声と共に、由利香は愛想よさそうに微笑みを浮かべて会釈した。春風を受けてゆるくカールがかかったショートボブの髪がふわっとなびく。上体を起こした由利香の目元は、真守が間近で見つづけても正真正銘、生身の人間のようで涼やかにみえた。

「瀬山由利香さん、初めまして。株式会社クリスタル・ＥＩ代表の谷田真守です。どのくらい前にこられたのですか？」

真守は注文したアンドロイドに敬語を使うのもどうかと思いながら、目の前の颯爽と見えるＣ - 由利香には、初めはそのようなことばづかいが好ましいように思えた。

「三十分ほど前です。花のキレイな公園と伺いましたので、谷田様がみえるまで、少しお花を鑑賞していたいと思いまして」

由利香はやわらかな微笑みを絶やさずに言った。

二〇五〇年代には、ヒトも誰もが希望どおりのそれなりに美しい顔だちをしている。たとえ老人であろうが、二十代の容姿になることもできた。アンドロイドＣ-由利香は、その中にいる際立った整形美女たちのように特に目鼻立ちがくっきりと整った現代風な美人という顔ではなかった。だが、顔立ちはキリッとして、品がよさそうな邪鬼のないかわいらしさを湛えていた。新入社員らしくスーツスタイルが初々しく似合ってみえた。

谷田真守はといえば、自然体を好む父親と同様、背は高い方ではなく、体形はガッシリとして、ややワイルドな顔立ちをしていた。濃い眉毛の下に、ギョロ目の父親よりは滑らかに見えるつぶらな瞳があった。その瞳は怜悧な輝きを秘めていたとはいえ、容貌は童顔とオヤジ臭さがいい具合に調和してみえるため、今時の顔にしては珍しく古風なテイストを持っている顔だと、なぜか微笑みと共に周りに評されていた。

定番になった小型のリュックを背負った由利香は、かかとの低いパンプスをはいているため、背は低い方でもないがやや小柄にみえた。

真守は女性が苦手で特に好かれたいとも思っていなかったから、自分の容貌を特には気にしてはいなかった。そして、由利香は注文者の真守を嫌うはずはないと思っていた。

「あなたのことは、由利香さんと呼びましょう。私のことは、谷田さんで結構です」

「では、そうさせていただきます」

由利香の鼻は高からず低からずで、ひな人形のような切れ長の目をしていた。友里恵に似て見えなくもないが、開放的というのかもっと伸びやかにみえた。それに、少女っぽい顔立ちではあっても、一応、物腰は成人者らしく落ち着いてみえる。

由利香を一目見ただけで、真守は初対面とは思えないなつかしい面影を宿しているように感じた。A社の容姿選択のセンスは悪くないと真守は思ったが、どこまでも人間と見まがうほどなので、かえって不気味にさえ感じられた。

「今日はとてもいい天気だ。これから色々と仕事をお願いするにあたって、由利香さんのことを少し伺えればと思います。そこのベンチにでも腰掛けましょうか」

由利香はピンと背筋を伸ばして、手は礼儀正しくひざの上に重ねるようにして、やや脚を斜めにそろえて少し真守の方に上体を向けるような形で座った。いかにもこれから面接を受けるようにかしこまった姿勢にみえる。

由利香は間違っても初対面で、ヒトである女性のように揶揄を絡めた批判的な口を挟んではこないという安心感もあって、真守は友好的な気分で質問を切り出した。

「履歴は一応拝見してますが、由利香さんの口から家族構成を教えていただけますか？」

「はい、一人娘です。でも、母はまだものごころがつく前に亡くなって、父も今は身近にはおりません」

由利香は凛と澄んだ声でテキパキと返事を返してきた。

「家族とは別に暮らしていたということですね？」

由利香はヒトのように真守の目線に合わせて、かすかに笑みを浮かべるようにして自分の身の上の話を始めた。

「母親は三歳の時に病気で亡くなって、父親に育てられましたが、履歴書にも記載されてありますように、高校生になりました時に、父は仕事で遠方に駐在したまま行方不明となって、音信不通になっています」

「それはおつらかったですね。私の方は父親は健在ですが、今は父の友人のいる九州にいます。母親は、二歳の時に亡くなったんですよ」

由利香は真守の話に深々と聞き入ったように頷いてから先を続けた。

「谷田さんのお母様もとても早く亡くなられていたんですね。私も残念ながら母親のことをあまり知らないで育ちました。でも父親にはとてもよくしてもらいました」

「そうでしたか。いいお父さんだったんだ」

アンドロイドながら、適当に間を取るところや物腰も人間そのものに真守には見えていた。そして、由利香はどのような生い立ちを語るのか？　もしかして、父親の性格は、映画「コンタクト」の聡明で学究肌であった父親のコピーかもしれない。母親はアニメ「エヴァンゲリオン」の主人公碇シンジの母親ユイのような、薄幸でいて心のきれいな人だったのだろうかと期待した。

「色々と勉強を見てもらったり、これから生きていくのに、どのような気持ちを持って自分を見失わないようにすべきかを教えてもらいました」

由利香は実践的な言葉を返してきた。

「それは、生き方の姿勢を教えてもらったということですか？」

「はい、アンドロイドCとしての生き方を身をもって教えてもらったということです」

「アンドロイドCとしての生き方？」

真守は由利香が自分のことをアンドロイドCと言ったことに一瞬驚いて、思わず訊ね直していた。

「そうです、ご主人様」

ご主人様？　真守がいる現実の世間の中では聞きなれない言葉であった。ひと昔ふた昔前は、雇い主に対してそういう返事はあったのかもしれないが。

「ご主人様」という言葉を聞いて、真守はなんともきまりが悪い気がした。

ご主人様と言わせたのは、由利香の父親というプログラムの手引きだろうか？　真守の意向に従って、由利香にはずっと言い方を変えることなく、谷田さんといってもらった方が自然に思えていた。それをご主人様などと返され、へりくだっている人と対しているようで、真守の方が恥ずかしくなった。アンドロイドCが感情を持っているとしたら、どのような気持ちからこの言葉を使ったのかと気にもなった。

真守がリクエストした昔の物語由来と思えないでもないが、まさか、A社の製作者に通じていて答えの指令が伝わってくるとか、急にそんな懸念が真守の脳裏を駆け巡った。

もし、これからそれが危ぶまれたら返品したい。製作者に監視されてでもいたらと真守は思い、初対面の自分がどう映り記録されていくのか、緊張しないではいられなかった。

「谷田さんでかまわないですよ」

真守のいぶかし気な様子を見て、由利香も一瞬緊張したように硬い表情になった。

「そうでした。失礼致しました」

「その、アンドロイドCとしての生き方とは、具体的にはどのようなことなのか、さしつかえなければ言ってもらえますか？」

　また生真面目な答えが返ってくるのかと思いながら、アンドロイドCのみではなく、昔の入社面接自体が案外こんなものかもしれないと、真守は耳を傾けた。真守は自分が懐古（かいこ）趣味の物語ばかりを選んだばかりに、由利香の姿勢もややスローに傾きがちなのか、もしそうだとしたら、このアンドロイドCはこれから、どれくらいの目新しさを発揮してくれるのだろうか。まさかと思いながらも、期待し過ぎは禁物にも思えてきた。

「はい。まず、誠実であるということに誇りをもって生きていくことです。ただ、その誠実さということの中身ですが、それが本当に誠実ということなのかどうか、絶えず検討する気持ちも持ち続けなくてはいけないし、その誠実さの範囲内で、自分自身が大いに生きることを楽しまなくてはいけないと送り出されました。私自身におきましても全くその通りだと思っております」

　由利香は再び、凛（りん）として澄んだ可憐な声で答えた。常識を組み込まれたような昔風の答えだなと真守は思いつつも、由利香の表情はとにかく、自然に言葉を選んで意思表示をしているヒトのように真守の目に映った。

「その、生きることを楽しまなくてはいけないという言葉は、A社からのメッセージであり、あなた自身のお気持ちでもあるということなのですね」

「はい、私自身、強くそう思っております。補足させていただきますが、生きることを楽しむということは可能性を考えることです」

「ふ〜ん、それが楽しいことに繋がるのですか？」

「たとえば、危機的な状況に陥(おちい)ったとします。そんな時に抜け道はないか、考えたりするのは楽しいし、フフッ、成功すればラッキーな気分になれてさらに楽しいです」

　依頼人の好みに合わせて創られたアンドロイドなのだから、少しは、真守の世代が喜びそうな表情と答えがプログラムで用意されているにすぎないとさめた自分はいても、段々会話のぎこちなさが取れてきて夢見る素朴そうな乙女にみえてきた由利香を、直視するのが恥ずかしくて、斜に構えてその答えに念を押した。

「確かに色々な手段を講じなくてはならないのが仕事の常です。でも、それが、抜け道という言い方だと、少し姑息(こそく)なことのように聞こえてしまうけど」

「その、申し訳ありません」

由利香の眼が少し潤んだのか、余計にキラキラと輝いてみえた。

「はしたない言い方をしてしまいました。物事を解決するのは常に検討が必要で、一つの方法にのみ拘らないで視野を広げて考えることにも生き甲斐を感じますと、お答えすべきでした。あの、仕事をさせていただけますことが楽しみなあまりつい調子に乗った言い方をしてしまいました。学生気分を切り替えないといけませんね」

由利香はアンドロイドだというのに、潑剌とした感じで自己主張する姿勢が好ましく思え、初々しい普通の新入社員を相手にしているような気分にもなってきた。真守は自分が雇い主という威厳を意識し過ぎた気がして、カッコをつけた言い方を自分こそ止めなくてはと思った。こういうオッサンって若い連中にウザがられる典型かもな、余計なイヤミはいわないに限ると気分を変えていった。

「なるほど、有意義で楽しい大学生活を送られたようですね。では違う質問をさせてもらいます。あなたの通われた高校とは、どのような学校でしたか？」

これから由利香は生い立ちをどのように語っていくのか、真守は由利香の反応に目をくばりながら、由利香の言葉を待った。

「小学校の低学年からのプログラムから徐々に積み重ねられて、高校入学までの学力を身につける手順をとりました。高校に入ると、高校の基礎学力を身につけると共に、それを活用するためのイメージトレーニングを受けました」

由利香はそう言い終えてから、さらに付け加えた。

「ただ、補足させていただきます。谷田さんにはご説明するまでもないと思いますが、ちなみに人間の年齢とアンドロイドCの年齢の数え方は違うということをわたくし自身も認識しています」

もう少し詳しく説明する義務を感じているように由利香は話をつづけた。

「あくまでアンドロイドCの年齢は、設定された個体がもし、新生児から育っていくのなら、この年になるとこのくらいに育っているのではないかと想定されていくものと思ってくださいませ。ですので、成人するまではそういう仮定に置き換えられて仮想現実の世界で育ってまいりました。また、この素敵なボディになり代わりましてからは、睡眠をとる時間とは負荷のかかる廃熱処理の時間でした。ですので、日々の睡眠時間は微々たるものです。途中でこんなことを申しまして真にすみません。つまり、今の年齢は、由利香という個体の生活経験を重ねたと仮定してそこから割り出されたものです。学習は修士課程を終了しましたので、二十四歳になります」

　由利香は一旦、話をそこで止めるようにして、真守に重要なことを伝えようとするためか、ぐっと真守を見つめるようにしていった。

「ただ、これからは歳の数え方はヒトと同様の数え方となります。とは申しましても、活動を共にさせていただくことになりますものの、夜間は、ヒトと同じに睡眠という形を取りつつ、覚醒パートで様々なデータ分析処理をしてこの現実世界により対処できますように効率化を常に心がけます」

　由利香は話す表情を見ていると、まるでヒトのようにみえなくもないが、時折、アンドロイドCの機能的内容まで口にするために、真守は由利香をかなり高度に人を模したアンドロイドなのだとみなすようになっていった。

「由利香さんがヒトだとして、それだけの分量の教養を重ねてきたということですかね？　だとすればあなたのお母さんの病死やお父さんの行方不明というのは、これもまた、人間の場合の病死や音信不通とは少し違うものなんだろうか……？」

「そうですねェ。家族としての物語はありますし、少なくとも、実際に私の元からすっかり姿を消してしまったという点では同じではないかと思います。……あの、赤ちゃんがなぜ、いないいないば〜を好んで何回となく繰り返して遊ぶのか、お考えいただけますか？　それは自分を気にしてくれるヒトの存在を目で確かめる遊びだからではないでしょうか？　ところが、もし、……いないいないば〜をいつもしてくれていた相手が突然消えてしまったら……その相手を見失ってしまう喪失感みたいなものが残りませんでしょうか？　アンドロイドにもその虚ろになるダメージが枠組みに組み込まれています」

真守はA社のメッセージにあった［本体は精巧な上に、寿命は二百五十年はもたせられるくらい堅牢に作られております……］という文言のくだりを思い出していた。

「仮想現実の世界で育ってきたのだから、お父さんとお母さんは、アンドロイドCという実体ではなかった、ということになるのかなあ？　今の由利香さんは確か、A社によって二五〇歳までは生きられるという保証が約束されていますよね？」

「はい……父や母は残念ながら、私が子供の頃過ごしました仮想現実世界に住んでおりました」

由利香は心なしか顔を赤らめて恥ずかしそうに答えた。アンドロイドの返事とはいえ、ただしてはいけないことを敢えて口にしてしまった気がして真守はしばらく口を噤んだ。

「いくらなんでも、ヒトはクローン移植、そのつまり、臓器を入れ換えたりしない限り二百五十年という寿命にはならないだろうな。でも、これまでヒトの死で僕は辛い思いをしてきたから、由利香さんが少なくとも自分の生きている間に理不尽な死を遂げることはないと思えるのは何よりかな」

由利香は理不尽な両親の死を思ったのか、辛そうな口調で真守に応えた。

「私の場合、仮想の計画設定で父と母、友人を失くしてしまうことになりました。アンドロイドCは皆、A-C社から離れる時点で身寄りのない身の上となって送り出されるのですが、谷田さんも、お父様は家を出られて、お母様を亡くされていたのですよね。私は母親の死、父、友人たちの消息不明が設定されていました。ですから、その喪失感は私自身にもよくわかるつもりでいます」

　そうだとしたら、由利香も真守の悲しみを同情のみではなく、由利香自身の体験を通して少しは理解してもらえるのだろうかと、真守は思い巡らした。

「子供の頃、由利香さんは、そのお友だちと遊んだりもしたわけですね？」

「はい、色々な遊びを致しました」

「やはり、女の子同士で遊ぶことが多かったのですか？」

「時には。……でも、男女一緒で遊ぶこともよくありました」

　由利香は、真守が女性との接触を苦手に思っていることなど知る由もなさそうに、あっけんからんとした返事を返してよこした。

「ボール遊びとか、ゲームとか？」

「やりました。昔からの遊びもしました。輪投げとか、お手玉とか折り紙とか」

「みんなそれぞれ、得意不得意とかありましたか？」

「はい。私は折り紙に結構嵌（は）まっていました。手は案外、器用な方かもしれません」

「友だちと喧嘩とかはしましたか？」

「はあ、ごく稀にしたことがあります。でも、直ぐ仲直りしましたけれど」

「けんかって、どんなことで？」

「はあ、……どんなこと、ですか？　……たとえば、思い込みの違いからとか——」

真守は、由利香のこの答えを聞いて、由利香が通り一遍の適当な返事を返してきたわけではなさそうだと思い始めた。

「友だちにも、特に気に入った子とか、逆に苦手に思う子とかいましたか？」

「はい、い、た、と思います。ただ……」

「ただ？」

「消息不明のことを申し上げたと思いますが、お友だちのことですが、A‐C社を去ります際に、皆、設定によりまして、お友だちの場合、特定の個性の記憶は残っていないのです。一緒にこういうことをした、ああしてもらった、相手に腹を立てたとか、嫌な目に遭って思わず泣いてしまったとか、あるにはあるのですが……それがどんな相手だったか、特定の記憶は失われてしまっています」

「それはなんともお気の毒なことですね」

「いいえ、でも、その友だちすべての心が感じられなくなってしまったというわけではなくて、友達が一つに融合されたと申しましょうか、そのことから、逆に淋しさが一掃されました」

即座に真守は、エヴァンゲリオンの単体の魂の集合体のことが頭に浮かんだ。そして思わず「人類補完計画……」と口走りかけてあわてて言葉を換えて質問した。

「では、その繋がりは続いているのですね？」

「いいえ、あの、心の支えになっているということで、実際の繋がりは断たれました」

由利香は何かしら察したように「私と友だちとは、最早、昔共にあゆみました思い出の世界だけがあるのみかと。過去において繋がってはおりましたけれど、今の私は、清算されたようにまっさらになって派遣されてきたという表現が当てはまるように思います」と続けた。

「それでは、やはり、消息不明ということなのでしょうか？」

「はい、そうかと思います」

由利香はどのくらいヒトの心を理解してくれるようになるのかわからないが、綾波レイのようなクローンという存在とは全く違う。有機的生物体にはなりえない。少し前にエヴァンゲリオンの物語を再生してみたことから、あさはかなことにも架空のＳＦの物語と結びつけてしまったのが、真守は我ながらお粗末に思えて顔を赤くした。

由利香も真守から交友関係を尋ねられてうまく答えられないと思ったのか、心なし顔を赤らめて小さな声になり、やがて気を取り直すように胸を張り笑顔を真守に向けた。ヒトと同様ではないかもしれないが、アンドロイドC独自としてA社から身一つになって派遣（はけん）されてきた由利香を前にして、真守は由利香に愛しさを覚えた。

「もし、万が一、私の寿命が短かった場合、その後、由利香さんはどうなるのだろう？」

真守の気遣いにすごく感激したのか、一瞬、由利香がまったくヒトが生気を帯びたように顔がバラ色に輝いてみえた。目元まで潤んだかと思うと、由利香は頭を振り「谷田さんがご長寿であられますようお守り申し上げます。ただ、谷田さんがご寿命を全うされました後の私の身の振り方ですが……ヒトにより貢献できるアンドロイドC改良材料として、お役に立てるように提供されることになるかと思います」と恥ずかし気につぶやいた。その由利香は、相変わらず背筋を立てた折り目正しい姿勢のままでいた。

ヒトのようにみえなくもないが、由利香の性格は真守が掲げた12編の物語や読書傾向とか、真守のエゴグラム診断アンケート等から作成されたのだと思うと、由利香をヒトに重ねたくなる気分は一気に褪めていく。アンドロイドCがヒトと遜色なく見えようが、真守の酔狂な思い付きで選んだ物語が集大成されて、A社の人為的なプログラムを元に合成されていった、あくまでもアンドロイドに過ぎないのだという気持ちに思いがいくようにして、真守は冷静に自分を対処させようとした。

第一、12編の物語を気に入って選んだからといって、真守本人がそれに見合った存在であるというわけでもない。寧ろ、真守のような性格の持ち主では、物語の中の立派に思える主人公たちからは、それほど共鳴してもらえる接点など持ち合わせているわけでもないではないか。そう思って自分にも自信がなくなっていくと、アンドロイドＣは、購入者の子守りを仰せつかり、あたかも感情を持っているかのようにして、いい具合に付き合ってくれる迎合（げいごう）に長けただけの存在にも思えてくる。ＡＩである由利香は本当のところ、個性としてどこまで人間の様に喜怒哀楽を感じる心を持っているのであろうか？

　そして、真守亡き後はアンドロイドＣ改良材料として提供されるなどと答えるとは、由利香は一体どんな心境でこの言葉を紡いだのか？　心を持つに至ったというアンドロイドＣ‐由利香は自分がこの世から姿を消すということに対してどれくらいの意識を持って答えたのだろうか。ヒトと遜色なくみえる由利香への対応に、どこまで真守は心を許すことができるのか、由利香に対して色々な思いが浮かんで気持ちが定まらないでいる真守であった。

　注文に適（かな）うように古風な見栄（みばえ）に見えていても、所詮（しょせん）、物語の寄せ集めで性格が形付けられたのだと真守は思うと、由利香の発想の源は、まだ嘘っぽく虚勢を張ったもののようにも思える。今少し由利香へ掘り下げた質問を続けて、由利香の応答がどれほど心に訴えてくるものなのか、また確かめたくなった。

「先ほど、可能性を考えることで物事を楽しむと由利香さんはいいましたね。まあ、僕にも、もう少し若い頃はそんなふうなところがあったんだろうね。今の僕は、可能性を捻出したくなる時は余裕がなく追い詰められた時だから、楽しみと結びつける気持ちにはなれませんね。そりゃあ、結果が良くなった時にはヤッタア、ザマミロってなるけどさ。仕事が楽しいなあっていう思いは、特に苦し紛れな時は無理かな。ま、頭がいい奴だったらありかもしれないけれどね。やはり由利香さんのいうような仕事を楽しむという概念は、ごく少数の秀才と、アンドロイド特有のものではないかなあ。……由利香さんがいうその楽しい時ってどんな感じがするものなんですかね？」

「楽しいと思う時は、全身に覚醒する活力がみなぎっていくような気分になることかと思います。達成すればするほど、その気分は大きく持続するようになります。そして、全てがうまくいくと今度は解放され、一段落、一休憩といった弛緩していくような気分が次に訪れます。それも中々いいものです」

由利香はそう説明しながら、楽しい気分を身を持って表現させるように眼を輝かせてニコッと微笑んだ。

「なるほど覚醒か。うまくいった気がした時は、今でも少しはあるかな。解放感みたいなのはヒトと共通するところがありますね」

「アンドロイドといってもいろいろなタイプがございます。まだ先のことになりますが、A社では、アンドロイドCの後発ということになっていますが、違ったチームの新規事業計画で、分野別のとても高度な解析プログラムソフトが初めから組み込まれた電子頭脳活用タイプが開発されています。ところで、今の私の学力は修士修了程度です。ただ、AIは、人間に代わって問題解決をする手段になるデータづくりのソフトは入っておりますので、徐々に成長しつつ精度を高めて貢献していくという役割は備わっています。雇い主様、ア、失礼致しました。谷田さんが必要とされる能力、その分野でのまだほんの入り口までを私はA社で身につけてまいりました」

そこまで由利香は一気に話すと、再び微笑みを浮かべてさらに付け加えた。

「即ち、まだ右も左もよく理解できていないような基礎知識の段階とはいえ、受け継ぐべく研鑽を重ねてまいります。問題解決へと向ける作業ソフトが内蔵されているということでしょうか。つまりそこからディープラーニングが行われていくということをご理解いただければと思います」

「楽しみにさせていただきます」

「でも、すぐに効果が出るわけではないのは、谷田さんはご存じかと思っておりますが」

由利香は謙遜しているように控えめな態度ながら、研鑽を重ねてこれから才能を開花させていく気構えにどれほどの情熱を持っているのかをわかってほしいとでもいうように雄弁に先を続けた。

「アンドロイドCの製作者曰く、注文主様が見識のある方で、連携プレイがうまくいって日々ディープラーニングを続けていくことができましたら、分野においては、或いは電子頭脳活用タイプにも勝るとも劣らない頭脳へと進化することもあり得るといわれました」

「それは願ってもないことです」

真守がそう賛同するや否や、由利香はすまなそうに頭を下げた。

「すみません。つい調子に乗って確かでないことまで申してしまいました。これはあくまでも、製作スタッフによります手前味噌の範疇での意見です。なので内密にと言い添えられていました。問題解決するために知識・データを蓄積して学習しつつ谷田さんより頂きました由利香という個性から、その問題を解くキーの方向付けが為されていくものと思ってください」

はたして由利香は今、優秀なスタッフに製作された自分を誇らしく感じて、自慢したくなるような気持ちをもったのであろうか？

「はい、第一、僕の技術の方が大したことがなければ意味をなさないことですしね」

「いいえ、そんな」と由利香は否定するように首を振った。

「A-C社の製作者スタッフとプログラマーが生みの親で、私にとりましては神様みたいな存在なんですけれど、他のチームの製作者について、実のところ私はよくわかっていません。正直申しますと、どこまで谷田さんのご期待に添えるかは……。それなのに調子に乗って余計なことを申してしまいました。あの……、化学の分野に力を注がれている谷田さんの下で、仕事をさせていただけますことを誇りに思っています。雑用でも何でもこなせればと覚悟しております」

由利香は真守にあてがわれる仕事を楽しみにしてそうで、ざっくばらんな様子と、一方で謙虚さも忘れないように締め括った。こんな答え方をされると、由利香が本当に心を持っているように思えてくる。

そして、アンドロイドC - 由利香は、少々早手回しにものごとについて話すところが、彼女特有の癖にも思えた。今の時点では計算しつくされた堅苦しさが目立つマシーンのイメージが払拭されてみえて、真守にはそれが微笑ましく感じられた。

アンドロイドCの仕事に取り組む姿勢について、一通り説明を終えると由利香はニコッと微笑んで丁寧に会釈した。一見、少女のようにみえながら、説明する物腰は筋道を考えて一生懸命答えようとしてみえる。

由利香の言動は、冷徹で隙が感じられない精巧な機械のようには思えなかった。先ほど来、そよ風にフワリとゆるくなびいて、サラサラとつやめいてみえる髪の毛も初々しい。由利香が自身をアンドロイドと自覚しているとはいえ、従来のロボットのように、無機質で型に嵌まったような答え方をするマシーン的な雰囲気もまったく感じられない上、求めていた女性像をも損なうことはなかった。

だが、一方で、人間と遜色なく、それ以上に奥ゆかしそうでざっくばらんにも感じ取れるために余計、アンドロイドの進化を薄気味悪く思う気持ちが、真守の中に芽生えたりもする。

それにしても、C‐由利香が育ってきた環境を、ヒトに成りすましたように身の上話風に真守に聞き出せるのかと思っていた。まさか自らアンドロイドCと名乗って、自分の身の上を認識してざっくばらんに話すなど真守には予想もしてないことであった。

A社がダイレクトメールで言っていた「誕生から成長過程、希望の年齢までの成育歴の記憶を有することによって、心が起動するという、まさに人間的なコンテンツを持ったアンドロイドです」とはなるほど、こういうことであったのか。

それよりも何よりも、C‐由利香を手掛けたA社が、メーカーでもトップレベルなだけあって、さすがニーズに合ってそうな心配りの感じられるアンドロイドを製作しているものだ。これからを期待できそうで、真守は何だかホッとしたような、先を思うと末恐ろしささえも伴ってきそうな複雑な心境だった。

　高級アンドロイドの性能は、もしかして思っていた以上に急速に進んでいるのでは――A社が開発中の電子頭脳タイプは、更に人間の思考形態を把握した上に、人間よりも世知に長けて分別くさく、しかも高処理で瞬時に判断さえ下せるようなアンドロイドになっていきそうである。その高級アンドロイドがやがて未来を占い、物事を管理していく指揮権を握っていくとしたら、人間の出番がより抑えられていく時代が到来するのではなかろうか。真守はそう思うと末恐ろしく感じた。

　しばし、真守はそよ風に吹かれるまま穏やかにゆらゆらと揺れている菜の花を黙って見つめていた。以前、友里恵と見た菜の花には、蟻の監視のもとにゴマのような形の緑色をしたアブラムシがたくさん付いていたことを思い出していた。

「懐かしいな。公園で花を眺めるのは久し振りなんですよ。菜の花についているアブラムシとアリを見ましたか?」

「いいえ……。それでしたら、テントウムシはあまりお好きではありませんか? こちらの菜の花は鑑賞用だから、特にかもしれませんが、アブラムシがつかないように管理されるために、人気のテントウムシが活躍しているという説明を先ほど拾い読みしました。

——その中にはロボットのテントウムシも混ざっているそうです。……ただ、私としてはアリとアブラムシの共生場面をみてみたかったです」

真守の問いかけに答えられないためか、由利香は少し残念そうな様子でいった。

「たくさんのアブラムシを菜の花で飼育しているアリは害虫だものね。花の公園では歓迎されない存在なのかもしれないな。それに、植物の環境自体も少しずつ変わってきているんだろうな」

「あの、由利香という、花にちなんだような名前を付けていただいたこともあって、花の由来にも興味があります」

「履歴書に書かれていましたね。花もいいもんですね」

一緒に歩くと、由利香は植物そのものに興味を持っていそうに周囲の風景に目を配っていた。花の名前由来と共に、『雪の女王』に出てくる花好きなゲルダの魂のようなものも由利香の中には入っているのではと真守は思いたかった。

「由利香さんのお給金ですけどね、同じ年齢の平均額から住み込みということで、家賃がない分、一割引かせてもらいますからね」

「いえ、あのう、私はアンドロイドなので……」

「ヒトと同様、こころを持っているのだから、そうさせてください」

「一生懸命、働かせてもらいます。ありがとうございます」

真守は、由利香がとても嬉しそうにみえたことから、若い子に気前よくするのは悪くない気分だなとふと思い、一方で苦しい財政事情を憂慮していた。

「ところで、由利香さん。お母さんはずいぶん早くに亡くなられたようだけれど、お母さんの記憶は少しでも持っていますか？」

「はい、と申しますか、遺言メモリーに残っています」

「それはよかった。僕の場合は、父親の居場所を知ってはいても、滅多に連絡も取り合わないのだからやはり行方不明と似たようなものかもしれないけれど……その父ですが、僕にこんな説明をしました。亡くなってしまったものは最早帰ってはこない。それなのに映像でみるなど、これ以上残酷なことはないんだ。だから、お前にも見せることはできない。悪いけれど、お前のお母さんの動画や写真はすべて処分してしまったからね、とまだ幼かった僕にそんなふうにいったのですから勝手な父です。そのことで父親を恨んでいます。全てに反発を感じているわけではないけれど」

由利香に眼をやると、辛そうな様子でまぶたが閉じられ、子供だった友里恵より長めのまつげを目の当たりにした。

「母親の祖父母に、密かに写真や動画を昔、見せてもらったりしたことはあったんですがね、情けないことによくは思い出せません。もっとも、1枚だけロケットに母親のポートレートが収まっています。祖父母が父に内緒で手渡してくれたものです。それと、抱かれた記憶みたいなものは微かにあるんですよ」

由利香の感受性によるものか、プログラムの状況判断で涙が出る仕組みになっているのか、由利香の睫の下の目元からツーっと流れた雫を真守は目に留めた。

「さぞ、お優しいお母様だったことでしょう。……すみません、私も母のことを思い出しましたものですから。私は、仮想現実の世界で母の心を身に滲みて感じる体験を致しました。母親が遺した私への遺言メモリーといわれた世界でのことです」

「どんなシチュエーションだったのですか？」

真守の問いを嬉しく受け止めたのか、由利香はチャーミングな微笑みを湛えて夢見るような眼差しになった。

「それは全体が母の世界になっていました。母の匂いと、声、眼差し、願っていること、心配していること、母が持っていた思いなどが、一緒くたになって私を包み込んでくれるような……、その懐かしさで私の全てが解きほぐされていくような気がしました。抽象的かもしれませんが、そうですね、私の体の中で電磁波が緩やかにルルルルルルルと駆け巡って母へと結びついていくような……夢のような心地というのでしょうか。父親が実践しながら私に伝えてくれた『誠実でいなさい』といった言葉とは違うものでした」

由利香の父母への思いを聞きながら、真守は一瞬、自分の母親の微かな感触の記憶に思いがいき、瀬戸友里恵の両親のことに思いがいった。クラスメートたちといることが苦手なようだったので、前の学校かどこかで嫌な対人関係に遭遇したのかもしれないけれど……心の中にずっと懐き続けてきた友里恵は個性的で、真守に悪意から嫌なことを仕掛けてくることのない聡明な少女であった。その友里恵と両親の間柄はどんなだったのか、二十世紀記念パークで交わした会話の中で、両親のことにはお互いに一度も触れることがなかった。

目の前の由利香が、真守に再び微笑むようにしていった。

「あの、差し支えがないようでしたら、もし、よろしかったら、いつか谷田さんのお母様の遺影を拝見させていただきたいです」

「それでは、後程ご覧にいれましょう。由利香さんにお母さんのことを伺えて、その優しい雰囲気はわかる気がしますが、でも、正直言えば、あなたのお母さんがどんな方なのかは想像がつかないなあ。抽象的すぎるというか」

「そうですよね。当然です。あの、……ピアノという楽器は普通八十八鍵の音がありますでしょ。五つの鍵をランダムに同時に叩く時と、音が調和したコード音とでは、違いがお判りになるかと思います。私の体の中に、たくさんの鍵が入っていてしかもコードによっていろいろな音の響きがあることをご想像ください。たとえば共鳴とか共振は、二つの音源の周波振動数が近似していく時に起こる現象です。そして練習研鑽を重ねることによって曲のレパートリーが難解なものまで増えてまいります。色々なテンポと旋律で自在に曲が弾けるようになりましたら、どんなに素晴らしいかと思っております。これがいわゆるアンドロイドCにおけますディープラーニングです。私の体の中でも、楽器と奏者の連携プレイのような現象が起こっているとご想像ください。素朴とはいえ、母は私にとって心地よいふるさとのような、唯一無二のメロディを奏でてくれるような存在なのです」

真守は呆気にとられたような顔で由利香の説明に耳をすました。

「あの、又しても申し訳ありません。やはり抽象的な説明になってしまいましたね」

「いや、なるほどね。あなたがいわれた意味は理解できる気もしないではありません」

由利香の話が一段落した時に、丁度、西ゲートの駐車場へとたどり着いた。

由利香の所作はアンドロイドというより人間に見える。たとえアンドロイドであっても、優しさに対して敏感で役に立てるようになりたい気持ちをたくさん持った存在であることを真守は理解した。

そして、由利香がA社によって操縦されているという真守の疑いも、いつの間にか薄れていた。

由利香の日常は、真守がしゃべらなければ、自分の方から積極的に会話を交えるほうではなかった。ただし、面白いジョークや奇想天外なことを思いついた時や、物珍しい感動を覚えた時には、殊に仕事のことで想いついたことがあると、ポツンと独り言を言ったりはしゃぐように唐突にしゃべりだすことがある。

由利香の持参してきた服装は、やわらかなパステル調の色合わせの、清楚で活動的に見えるパンツスタイルのものが多かった。作業用のアンドロイドたちは、いつも季節ごとの紺とグレイの清楚に見える制服を二組ずつしか持っていなかった。とはいえ、由利香がその中に入ると、それはそれでよりスッキリと互いが互いを引き立て合うように見えた。そして、その作業用のアンドロイドたちはマニュアル通りで、本物の感情を伴って会話を交わすわけではないものの、由利香が何か口にすると、反応して社交辞令としての一言二言を返し、相槌を打ったりもするので、真守の職場は時折華やいだ空気につつまれた。

由利香は、作業面では、初め知識も浅薄で要領がつかめなかったために、かなり見当外れな仕事をすることもあった。

由利香の美徳はまず、不思議なくらいやることに気持ちが入っていることである。常にいいことに繋がるように物事を推し進めようと心掛けてくれる。そして、たとえ意気消沈したように見えても、すぐに気を取り直し、決してめげないことだと真守は思うようになった。

そのため、由利香の無知から違うパテント商品を紹介してしまい、顧客との応対で真守を慌てさせることがあっても、真守も執念深く叱責することはしなかった。由利香はいつも真剣に、真守の意志を汲み取ろうと努力するのみではなく、そこから新しい活路を広げて、各々の方向付けに予測を立てる工夫も視野に入れてそうにみえた。

真守が携わっている仕事は、一種の閃き、独特なセンスのようなもので進めている研究によって成果を上げていた。ただ、実用に向けての新案特許へと纏め上げるまでには至っていない構想が幾つも放られたままになっていた。

やがてそればかりか、未知数ではありながら活かす方向へと、可能性のある素材に発展できそうなヒントを含んだものもたくさんあると、由利香がいいだすようになった。

それに由利香が目を付けては、真守に再チャレンジを促した。そのような時、真守は不機嫌な顔になって中々耳を貸そうとはしなかった。

「あんまり、新案特許を取ることにアクセクしなくてもいいよ」

「それは申し訳ありません。でも、企業が目を向けたくなるような有意義な素材をそのままにしておくのはつまらないです。それに暇は苦手なものですので」

「まだまだ予測が立たない中途半端な素材まで取り上げて、由利香さんに先廻りするように提案されると、こっちまでセカセカして落ち着かなくなるんだよ」

「それでは一休みいたしましてから」

真守の要請に、由利香は大して従う気もなさそうに、適当に相槌を返してきたりする。

「一応手は出してみたものの、見通しがつかないものばかりなんだよ。それを再び、新素材としての魅力を秘めているかもしれないという少しの可能性で推し進める気にはなれないよ。第一、そんなに魅力のある素材になるなんて思えないものばかり」

由利香が仕事に着手してから二年という月日が経過すると、既に三林と同等なくらいに仕事の要領を理解するようになっていた。

「谷田さんはせっかくの閃きを大事にされて新しい研究開発に専念されてください。私はまだまだ力不足でどれだけお役に立てるのかわかりませんが、これまでの積もりに積もった研究資料を整理してまいります。それから、特許申請にむけて形式を整えられたらと思っています。もし、パテントに至りましたら、ライセンス契約の窓口も務められればと思っています」

真守は九州で友人と隠居生活を送っている父雄一から、一部生前贈与をしてもらってベンチャー企業を立ち上げた。起業して五、六年目までは順調にいきかけたものの、それ以降はずっと低迷して、このままでは下降へと向かいかねなかった。丁度、友里恵の死を知って、真守は三林に仕事をほとんど委ねてしまい、研究を疎かにしてしまったことが、尾を引いていた。

以前、手を付けた材料を放りっぱなしにしていた無駄をなくすことから、由利香が節約を心掛けたことはバカにならなかった。そして、材庫管理と特許申請へ向けての努力と、販路開拓によって、数年間で持ち直すことへの希望がみえて、やがてかなり右肩上がりになっていくことさえ夢ではなく思えるようになった。あまりあると思っていた資産は、アンドロイドC - 由利香購入で一気に消失しかけていたというのに、この四年間で徐々にこれからは利益を見込まれるようにさえなっていた。

最早、パテント化に関しては由利香に全てを任せても安心に思えて、真守は研究にひたすら没頭するようになった。強力な味方がついていると、面倒に思えていたこともそれほど悩まないでクリアできることを真守は由利香によって実感した。

由利香の誠実で前向きな姿勢が頼もしく感じられて、三年目あたりから由利香のことを異性としても意識するようになっていた。街に出ると、人波の中のカップルがやたら真守の目につくようになった。

街で歩いているカップルの中には、アンドロイドとヒトとのカップルが相当数いるのに違いなかった。ただ、アンドロイドを夫や妻とか、恋人、愛人と見立てて暮らしているとはいえ、体のいい返事を返す、ヒトの気持ちまでは持っていないアンドロイドが多くを占めているのに違いなかった。

ヒトの感性にケチをつけるような生身の女性よりは、数倍はマシと真守自身も、思わないわけではなかった。だが、子供の頃に植え付けられた女性を警戒したくなるイメージが強すぎたためか、敢えてこれまで女性そのものには興味を示すことはなかった。

A社からは、子供型アンドロイドC型のカタログご案内のメールが、由利香とそよ風パークで出会って一年過ぎたあたりから、届くようになってきていた。人間の子供はできないけれど、アンドロイドとの子供は、先ずは家の5D画面の仮想現実の中に、虚像として作り出すことが出来る。更に望む年齢でアンドロイド化のオーダーも可能なのであった。

真守はヒトとしてプライドを気にかける方であったので、アンドロイドを仕事で雇うことはできても、安直に交際をすることには抵抗があった。だが、それも阿吽の呼吸で繋がるようになってくると由利香がヒトでないのが不思議に思えたし、真守の周囲にいる女性より余程無駄がなく、感性もあるように思えた。由利香との付き合いが五年目に入ると、真守は一社員のつもりで遇していたのが、仕事以外の余暇を過ごすにも、次第に由利香を誘うようになった。

二〇五〇年代、ヒトは体内へ栄養を摂り入れるのは、サプリメントが多くなっていて、本物の食事を取ることを滅多にしなくなっていた。人類は戦争、天災によって自然が損なわれ、また疫病にもみまわれ、その分、様々なことで仮想現実化が進んでいた。進化した5D技術は、家にいてもレストランや料亭、温泉、海や山の中、テニスコートにいるような気分になることができた。

人間の耳の後ろ部分に埋め込まれた100ミクロンのマイクロチップと5Dソフトの連携によって、食事、旅行、スポーツなど、感覚機能がそのものを実感できているように感じられた。当然ディープラーニングタイプのアンドロイドにも、ヒトと同じに物事を味わってみえるような機能が色々工夫されていた。殊にアンドロイドCは、味覚も本格的に感じられるようになっていた。

家からそれ程離れていないそよ風パークは、実際にデートができるリアルな公園であった。真守も由利香も実物の植物と昆虫たちとの出会いを何よりも楽しみにしていたので、余裕がある時には何度も訪れた。真守は、友里恵と一度しか会わないで終わった二十世紀記念パークのようにはしたくなかった。四季折々の花々が美しいそよ風パークは、出向くたびに違った種類の花々と出会えた。

「あっちのユリ、見事だね！」

右側には華やかなカサブランカが咲き誇り、近づくとその濃厚な匂いが増していった。

「カサブランカですね。匂いも際立っています」

「でもこの清楚なユリに惹かれるかな。由利香さんがユリだとしたらこのタイプだね」

クリームベージュのTシャツの上に淡いアイボリー色のジャンパーを羽織り、

インディゴのジーンズスタイルの由利香のいで立ちは、質素ながら場所に合わせて感じよく調和してみえていた。

「いえいえ、私など、とんでもないです。ただ、私もテッポウユリは大好きです！　凛(リン)として神聖な雰囲気の佇(たたず)まいは、宗教画に取り入れられています。絵でご覧になったことありませんか？　そもそもユリの花は、自然に近い花です。このマドンナリリーに近いテッポウユリは野山で、昔、普通に見掛けられました。エレガントなカサブランカに近いヤマユリにおいてもです」

由利香はいったい、どんな映像を思い浮かべながらこれらの言葉を発しているのかと真守は考えたくなる。真守の頭に思い浮かんだのは、祖父母と見た昔の風景写真やパノラマ映像であった。

「祖父母が生きていた頃は、ふつうに野山でみることができたんだろうなあ……」

「風に吹かれて優雅に揺れるので、初めは〝揺すり〟と呼ばれました。それが、いつの間にかユリになったとか。ユリ科は五百種類以上あるようです。ヒトとのかかわりは古くてギリシャ神話、旧約聖書にも登場します。白いユリは純潔、無垢、威厳という花言葉ですけれど、色によって随分違った意味もあるようです。オレンジとか黄色になると愉快、軽率、陽気、偽りという言葉も出てきます。私に合ったユリの花言葉はそっちかな。気になると猪突猛進してしまう先走りするところがあってそそっかしい方ですから。もっともオニユリはオレンジ色ですが、花言葉は賢者、富と誇りとなっていました。私とはちょっと関係なさそうな……」

由利香がその花々の花言葉を真守に伝えて、なぜそういった言葉がそれぞれの花を象徴する意味となっていったのか、由来を考えて二人で歩くのは楽しかった。

由利香のキャラクターの礎となった、12編の物語に出てくる主人公の少女たちは全員が好奇心や冒険心が旺盛で、空想に耽ることが好きな夢見がちな性格の持ち主であった。仮想現実で様々な世界を旅したり、そよ風パークを散策している時の由利香がとても生き生きして見えた。

不愛想とはいえ、真守の父雄一は、子供を本やアニメに興味を持たせて、教材へと誘導していく面では長けていた。真守はそのためか知識欲が旺盛に育った。真守が小学生だった頃、雄一が碁を好きにさせようと、「物事を詰めていく時、古い戦法をバカにしてはいけないよ」といって、真守は「ヒカルの碁」という古典アニメをみるように勧められたことがあった。真守自身、時折、レトロなものに浸って現実から離れたところに身を置きたくなった。

ふと、由利香と昔観た番組を一緒に観ることをした。由利香は、真守が痛感したり思わず考え込みたくなるようなところで同じように画面を食い入るように見つめていたり、真剣な表情を見せていた。そんな折、由利香がその番組をつまらないと思うわけがないと思った。なぜなら由利香は相性が真守に最も合うように作られたアンドロイドで、真守の好んだ古い物語の要素が由利香の人格形成には散りばめられているからだ。

瀬山由利香の親元のA社を、真守は最初のうちはかなり皮肉ったりしていた。それが、次第に感謝の度合いの方が多くなってきていた。そして今では、由利香が昔から家族になる運命に定められているとさえ思い巡らすようになった。「由利香さんとの子だったら、どんなにいい子になるかと思うよ」という一言から、真守は初めて由利香を抱いていた。由利香の体は真守のようにゴツゴツとはしていない。真守はこれまで女性を抱いたことなどないために本来の女性の体を知りようがなかった。華奢な体つきであっても、ふっくらとした弾力のある乳房はなめらかで暖かい。由利香はえもいわれぬ甘い香りがする。真守は、男性の本能を呼び覚まされるように由利香と一つになっていた。

由利香の母親のように、優しく、甘い声と眼差しを身近に感じながら、真守が願っていること、心配していること、真守の胸の内すべてをも包み込まれ、由利香が心を寄せて気遣ってくれているように思えた。そのような折は、由利香との一体感が感じられて、しなやかな由利香の身体の中の電磁波が緩やかにルルルルルルルルと駆け巡っている思いが真守にも伝わってくるような……夢のような心地がした。

「君は本当に、人の手から造られたアンドロイドなんだろうか。君を創作したA社の人たちは、神と等しい偉業を成し遂げたとしか思えないよ。……仕事が一段落したら、近いうちに僕たちの子供のことでA社に連絡を取ってみよう」と、真守が由利香の耳元でささやくと由利香の耳朶から顔全体がバラ色に染まった。

　そうはいっても、アンドロイドである由利香との結婚は、周囲のヒトビトのことを思うと、真守には中々難しく感じられていた。プライドの高い真守は、まず自分に従わせやすい伴侶を選んだと思われやしないかが気になっていた。真守が高級アンドロイドを手に入れたことは、まだ周囲に気付かれなかったとはいえ、A社から綻（ほころ）ばない保証はなかった。

　アンドロイドを伴侶のように連れ回しているだけで、ヒトではなくアンドロイドをガールフレンドにしていると陰口を叩く連中がいる世の中であった。第一、真守の周囲でアンドロイドと結婚した話を耳にしたことはない。

　心を持つに至った、統合的なディープラーニング搭載（とうさい）のアンドロイドが、まだ、あまり一般には普及していないため、感情が伴っていない従来型アンドロイドと同一視されかねない。それは、由利香があくまでもヒト個人のマスコット的存在とみなされてしまうことを意味していた。

　三年前に一度、長年、社員を務めてくれていた三林だけには、真守を訪ねてきた時に引き合わせたことがあった。三林は、真守に耳打ちするようにして妙な感想を洩（も）らした。

「とっても感じのいい由利香さんがヒトでないなんて――。アンドロイドとヒトとはそれこそ見分けがつかなくなったのかな……？ でも、こんなに優秀な技術者がボクの後釜に就くというのも、もしヒトであるなら考えたくないです。それこそこっちはビビってしまいますよ。それにしても、ＡＩの能力って見事なもんですね。最初はまさか、冗談だろと思わなくはなかったけれど――」

三林の後任として雇うことになった由利香がアンドロイドCであることを、真守は注文する際に既に打ち明けていた。由利香が職場に調和しているのを見て、三林は今一つ腑（ふ）におちない表情をみせた。三林と真守は、共に鉱物マニアであり、三林は従業員である前にマニア同士としての付き合いの方が長かった。

「なんですね。いい選択をされたということですよね。谷田さんは見違えたように潑剌（はつらつ）として見える。また、勉強に寄らせてもらいます」

三林の顔の表情からは、辞職願を出した時の複雑な気持ちが再燃しているように見えた。三林が真守の元を去ったのは、結婚と独立を動機にあげたものの、友里恵の死を知ったことで仕事へのやる気が失せていた真守に失望したからだった。それが由利香という存在を得たことによって、真守が以前にも増してアグレッシブな姿勢を取り戻したように三林の目に映ったようだった。三林が羨望の眼差しで由利香を見つめているように真守には見て取れた。

由利香との結婚の報告をしたら、自然に受け止めてもらえる気がしたが、三林は、由利香が高額で購入したアンドロイドであるということを知っている。由利香が真守のよき伴侶として、三林とやがてわだかまりなく会話が交わせられるようになっていくことを願い今少し待つことにした。

A社の神の業(わざ)としか思えないプログラムで製作され、奇蹟のように由利香が誕生した。だが、真守の息がかかったオーダーメードのアンドロイドであり、金銭の受け渡しがあったのは事実であるが、そのことから由利香という存在を傷つけたくはない。だけど隠し続けられるであろうか。ふたりのプライベートな関係を偏見を持ってみつめられることは極力避けたい。これまで異性を受け付けない存在と認識されてきた真守は、女性と付き合っていることをヒトに尋ねられたことさえなかった。真守は、由利香が健気に感じられれば感じられるだけ、友人の戸田や大野に紹介した方がいいだろうかと思いあぐねた。

真守の独特な風貌と頑なで独身のままでいるイメージが、アニメに出てくる博士のキャラクターと被(かぶ)っているといわれて、中学時代の友人たちからは、偏屈な独り者のハカセという綽名(あだな)がすっかり定着していた。そのためにもし万が一、婚約者として紹介した由利香がアンドロイドだとわかって、ヒトと認識されないとしたら心外であった。

　そして、父雄一にはどう切り出せばいいのかで真守は真剣に悩んだ。いくら普段は疎遠になっているとはいえ、真守は由利香と新しい家族を持とうとしていることは伝えなくてはならない気がした。雄一にはA社に打診した時期のことから正直に伝えなくてはならないであろう。それがたとえアンドロイドであっても、今では、真守にとって由利香は人間の女性にも勝る唯一の存在であった。

　女性を生理的に嫌悪してみえる父しか目にしたことがないのだから、存外、皮肉な笑いを浮かべて黙認されるのではと、真守は自分に都合よく考えることもあった。由利香が真守の下へ来てから業績もあがってきたので、意外に伝えやすくなったのではと思い始めると、雄一に打ち明けてみようかという気になる。とはいえ、真守の中に、自分はそもそも父に醒(さ)めた目でみられているという思いが潜んでいるために、自分の方から声を掛けるのはその軋轢（あつれき）のために躊躇（ちゅうちょ）されてもいた。

由利香に対しては申し訳ない気持ちばかりが先行した。こんなふうにアンドロイドであるか否かということで、どのように紹介すべきかを悩んでいる自分が不誠実で情けなく感じられていた。

ところがここにきて、真守と由利香との蜜月は、難しい局面へと進まざるを得なくなった。

第五章　逃避行

これまであまり熱を入れてこなかった有機系材料と無機系材料の接点をもっと掘り下げてみようかと自室に入った時に、「真守殿　緊急事態である。直ちに連絡をよこすこと」という九州からの電子メールを目にした。

（緊急事態とはいったい何なんだ？　ここ二、三年とメールはこなかった。父の気まぐれメールだ。もしかして、先ほど飛び込んできた、田坂組の代表がＡＩになったという情報のことか。だけどこれは話題づくりの添え物で、ＡＩが会社を牛耳るわけではないんじゃないかな）

由利香を紹介しようと思っている矢先に、嫌な情報が飛び込んできたものだと真守は思わないではなかったが、この情報と結びつけて考える気は起きなかった。

これまで父からは気まぐれのように、四、五回ほど連絡をもらっただけだった。九州は本州と離れているといってもスカイ高速網を利用してこようと思えば、一時間半ほどで真守の家まで辿り着く。だが、普段は何の連絡もなく、九州へと飛び出していった父親に、真守からも中々連絡する気にはなれずにいた。

真守が雄一のメールを目にしてから半日も経過していた。雄一からはしばらく連絡が途絶えていたので、どうしても真守へと伝えなくてはならないような、余程のことにも思えた。返事を翌日に持ちこしにするわけにもいかない。もしかして、真守がいつ返信してくるのか、父雄一は首を長くして待っているのではないか。そろそろビデオ通信で連絡を入れておかないと、真守は雄一の機嫌を損ねてしまう気がした。

それこそ双方で音沙汰なく気まずいままで延々と年月を送るのは疲れる。雄一の方から連絡がきたことでもある。由利香と一緒になって事業の業績が伸びていて、末永く寄り添える伴侶として紹介できる喜びを伝えられるまたとない機会であった。雄一の忍耐が臨界点に達する危険を危ぶんで真守は腰を上げた。

画面を開けて、雄一を前にした。父親の顔が土気色をしていつもより艶がなくみえた。

郵 便 は が き

料金受取人払郵便

新宿局承認

2523

差出有効期間
2025年3月
31日まで

(切手不要)

160-8791

141

東京都新宿区新宿1－10－1

(株)文芸社

愛読者カード係 行

ふりがな お名前		明治 大正 昭和 平成 年生 歳
ふりがな ご住所	□□□-□□□□	性別 男・女
お電話 番 号	(書籍ご注文の際に必要です) ｜ ご職業	
E-mail		
ご購読雑誌(複数可)	ご購読新聞 新聞	

最近読んでおもしろかった本や今後、とりあげてほしいテーマをお教えください。

ご自分の研究成果や経験、お考え等を出版してみたいというお気持ちはありますか。

ある　ない　内容・テーマ(　　　　)

現在完成した作品をお持ちですか。

ある　ない　ジャンル・原稿量(　　　　)

書　名				
お買上 書　店	都道 府県	市区 郡	書店名	書店
			ご購入日	年　月　日

本書をどこでお知りになりましたか?
1.書店店頭　2.知人にすすめられて　3.インターネット(サイト名　　　)
4.DMハガキ　5.広告、記事を見て(新聞、雑誌名　　　)

上の質問に関連して、ご購入の決め手となったのは?
1.タイトル　2.著者　3.内容　4.カバーデザイン　5.帯
その他ご自由にお書きください。
(　　　)

本書についてのご意見、ご感想をお聞かせください。
①内容について

②カバー、タイトル、帯について

弊社Webサイトからもご意見、ご感想をお寄せいただけます。

ご協力ありがとうございました。
※お寄せいただいたご意見、ご感想は新聞広告等で匿名にて使わせていただくことがあります。
※お客様の個人情報は、小社からの連絡のみに使用します。社外に提供することは一切ありません。

「お父上、お久し振りです。緊急事態ということですが、何か？」

「相変わらずお前は不愛想な顔をしてるな。これから先、深刻な事態にならなければいいんだが……。明日から東京へ出向こうと思っている。場合によっては少し長くいるつもりだ」

「えッ？　そうですか。それはちょうどいいタイミングというか。実は僕もおりいってご相談に乗って戴くことが出てきました。ウチに来られますか」

　雄一はいかにも気がなさそうに答えた。

「イヤ、落ち着いたところで食事をしながら話がしたい」

「紹介したい相手がいます。別にいても邪魔にならない相手です」

「それは後にしてくれ。兎に角、明日は二人だけがいい」と父が言ったと同時に画面が切れた。

　父は一緒に生活していた時から自分のいいたい用件だけいって済ませ、真守のいうことにはおざなりな返事で終わることが多かった。だからといって、無理強いしてくることもほとんどなかったので、そのことを真守は努めて気にしないようにしてきた。

子供時代、真守が科学的な方面に惹かれていったのは、ものごころがついた頃より父雄一の仕事でもある科学の映像番組に親しんで、殊に真守のために工夫して作ってくれた魅力的なおもちゃとか、図鑑をふんだんに与えてもらったからだと思っていた。

そうではあったが、生き物を飼うのを禁止されただけでなく、気になるゲームを取り上げられたり、真守の呟きに父親があまり耳を傾けてくれないことは、小さい頃から何とも理不尽に思えて、雄一への親しみに溝ができるような気がしていた。

父の配慮は一方通行でしかない。真守は雄一に思いっきり甘えた記憶のないまま、その埋められない空洞のせいか、自分の方でも雄一に他人行儀になっていった。そこから推して、母麗佳への父雄一の心遣いも一方的で、決して心が潤う程のものではなかったのかもしれないと真守は思うようになった。

子供の頃から行きつけのGホテル内の料亭で父雄一と落ち合うことになった。昨今では珍しい、昔ながらの食材から作られた料理が食べられるこだわりの店であった。由利香にも父雄一が来る旨を話した。そして、先ずは引き合わせるだけでもと思い、自分たちのことを報告したいので時を見計らって電話をするから、駆けつける準備だけはしておいてほしいと伝えた。父親に紹介するという真守の言葉に、由利香の顔が一瞬輝いてみえた。

「ありがとうございます。でも、お父様、真守さんとお会いするのは随分とお久しぶりなのですから、色々お話しされたいことがあるかと思います。どうかくれぐれもそちらを優先してくださいませ。私をご紹介下さるのはまだまだ先でもよろしいのでは」

嬉しそうにしながら、由利香はアンドロイドであることからスムーズにいかない展開を予想しているように答えた。

真守は雄一に、今や会社も利益が右肩上がりになりつつあることを報告できる嬉しさを胸に懐いて、自室で由利香が整理していた最近のデータに改めて目を通し始めた。パテント内容に目を向けると自分の名前で記載されて、初めの方こそ正真正銘、真守が手掛けたものが要領よく整理されていた。

だが、それで終わりではなかった。真守が手掛けて中途半端にしておいたのを由利香がデータや説明を加えて体裁を整え、手直ししているのは知っていたものの、ほんの一部であると思っていた。

ところが、データを取ることから由利香が着手したとしか思えないような明細シートが日を重ねるにしたがって増えている。要約シート、図面等も、かなり補足を施した形跡がみられた。新たな開発の手がかりに真守が夢中になっていたごく最近の僅かな期間であった。中には、発案に付加価値をつけるために、細かく分類し直して特許出願数が夥しく増えてもいた。

書斎の太陽灯の出力を上げて目を凝らして見ると、由利香が補足した裏付けから導かれた説明がなければ、審査で一目で却下されそうなものばかりであった。

それどころか、日付が新しくなってきた箇所には、真守の手掛けた延長線上にあるとはいえ、まったくタッチしていない特許申請の項目まで出てきた。真守は目を疑った。

「これはいったい？」

一瞬、少し前にアンドロイド初の代表取締役が出たという情報を得た田坂組のことが頭を掠めた。

由利香はいつの間にこれだけの水準の知的技術を身につけるまでに至ったのだろうか？　いい気なものだと、真守は、まだまだ由利香を先導している気分でいた自分に吐き気さえ覚えた。


午後七時を廻って、真守がＧホテルの料亭「如月」にたどり着くと、真守の眉毛の濃いところが父親の雄一と相似形の容姿と察知した客室係によって、すぐに雄一のいる小部屋へと案内された。

歳月が経っているからなのか、六年ぶりに会う父は少し骨ばって痩せてみえる上に、なぜか虚ろな様子で日本酒を口に含んでいた。真守を認めると、片手を挙げて、

「やあ」と力ない笑顔を向けた。

「ご無沙汰してました。お父さん、顔色が少しよくありませんが、何があったんですか」

いつも真守の前では矍鑠として自信ありげな姿勢を崩さない雄一だった。その情けなさそうな顔を見て、真守はすぐに尋ねないわけにはいかなかった。

「この年になって、世の中が大きく変わっていくのを見る破目になるとは思わなかった」

ごく稀ではあるけれど、父雄一と自分は世の中の変わり目に関する情報を聞きつけて、勘を働かせるのが、なぜだか同じころ訪れる親子ではないかと思うことがあった。十八年前に、隣国と中東との原爆使用の戦争があった時も親子で宣戦布告の一週間前に共に予感を告白し合ったのであった。

雄一が世の中という言葉を発したことで、雄一の懸念していることが真守にもおよそ想像がついたように嫌な予感が走った。

「まあ、飲んでくれ」

真守は無性に家に帰りたくなって、雄一が真守の前に置かれたぐい呑みに酒を注ごうとするのを真守は断り、「折角なんですが大事な仕事がまだ残っているので」といった。

「ヤレヤレ、一滴も口にしないとはな。何か気がかりなことでもあるのか？」

父雄一は不愉快そうにギョロ目の鋭い眼光で射すくめるように真守をみつめた。

「世間も全く困ったもんだな。田坂組という建設プラントの会社の代表が、ヒトからアンドロイドに代わっていたというニュースを知っているかい？ニュースといってもまだ、一般には流布されてはいないのだが」

「そのことなら知っています。……、人工知能を野放しにしていると、今に大変なことになるとは思っていますけど」

「あっという間に、アンドロイドがヒトを治める世へと変わっていくかもしれないぞ」

「国の規制はすぐに実施というわけにはいかないのでしょうね」

真守が父雄一に返事を求めると、虚空に目線を浮かせたままの姿勢で、しばし黙ったままだった。それから、真守の顔を威圧するようにジッと見つめた。

「いや、そううまくはいくまい。そうこうするうちに、これからの世の中は、国が世の中を治めるなんてちゃんちゃらおかしく、下手をすれば突出した人工知能が世の中の中心を担って、秩序の再編成が行われることになりかねない。

ま、今だって、国という名前こそあれ、ＩＴ企業が世界を牛耳っている世の中だ。今度はそれこそ、ＡＩ自体が人間には思いもよらないハイスピードで、合理化に向けての体制を築きあげてしまうだろう。人間の科学の進歩や、世の中の発展は、それによってゆとりを得るためや、せいぜい奇跡のような神業を見てみたいといった野次馬的なところが一般人の望むところだったのがな」

珍しく多弁になって語る父雄一の言葉が、因果を含めてわからせようとでもするように真守の耳に入ってきた。

「そうかもしれません。ただ、ＡＩを利用する際はそれぞれ人間の理念に基づいて作られた筈ですから、ＡＩが人間を押しのけてすべて上に立つようなことにはならないのではないでしょうか。その、田坂組のプラント会社が代表をアンドロイドにしたといっても、会社に対して不正行為を行う人間を取り締まる意味で上に立てただけと聞いています。あくまでも、田坂組への話題作りのためにアンドロイドを代表のようにかつぎ上げただけではないでしょうか？」

真守は、父に言い訳がましく反論しながら、他人ごとではなく、由利香が仕上げたパテントのことを思い出して、由利香の成長を恐ろしくも気色悪くも感じていた。

「今日はお前、いつにも増して多弁だな。ところで、お前さんのいう不正行為の取り締まりとは、最終的に人間の手の中にあるものを言っているのだろうけれど、浅はかにも倫理観などのソフトをＡＩに導入する連中がいないとも限らない。そのことでさらなる化け物が誕生しないとも限らない。世の中には、アンドロイドに倫理観や宗教観を導入して、次から次へと拡大されていく様々な知識解釈、技術データを解析して、戦略を立てられるようなＡＩを組み立てて、悦に入っている連中がいないとは思えないがね」

子供のころから目にしていた、父雄一がぐい呑みの器に手酌で酒をドクドクと注ぐ音がなぜか悲しく、不気味に感じられた。ＡＩはこんな液体に酔いしれることなどないに違いない。

「でも、それだって、組み立てた人間の手の元にあるとは思いますけれど。組み立てた人間こそ馬鹿ではないと思うから、ＡＩが暴走しないような監視や歯止めの措置は充分取られているのではないですか」

真守は、雄一に由利香を紹介するのを違う日に変えて家を出たことに、一時でも救われた気がした。

「そういうことをいうなら、ＡＩこそ馬鹿ではないのだから、人間を充分にコントロールできる時期と見究めるまでは、人間の僕（しもべ）のようなフリをしながら、水面下で力をつけていないとも限らないのではないか？　ところでお前は以前、技師を補充したといっていたけれど。最新型、ディープラーニング搭載のアンドロイドではないのか？」

濃く太い眉毛の下にある父雄一のギョロッとした眼が再び鋭く射貫くように真守をみつめた。火花が真守めがけて飛び散るように父雄一と真守との間に緊張が走った。

「これはアメリカの話だが、最新型アンドロイドを生産している会社によっては、ＡＩの暴走を恐れるあまり、返品請求の訴訟問題が起きているところもあるらしいぞ。これは公にすると大変な騒ぎになるだろうからな。会社側はまだ、ひた隠しに隠しているみたいだが――」

雄一の語尾が強く響いた。

「でも、アンドロイドに動かされる世の中になるには、まだもう少し間があるとは思っています」

真守は父雄一に動揺している自分を悟られまいと、呼吸を整えながら抗弁した。

「相変わらずひよっこというか、甘いな。だが、お前の顔色は少し青ざめて見えるぞ。こんな話を九州からはるばるやって来て、唐突にしたものだから、驚かせてしまったか？」

「僕のことはいつまで経っても危なっかしくみえるんでしょうね」

「だいたい父さんのいうことに耳を傾けるお前ではないものな」

真守親子は、稀には対外的な話に会話が弾むことはあっても、面と向かってお互いの心の内まで入り込むような会話をしたことはまずなかった。これまで自分は放られていたと思っていたため、今回の父の執拗な物言いが余計に受け止めがたく感じられた。

「いっそ、ここをたたんでお前も九州にきてみたらどうだ。九州はいいぞォ」

これまで一度も父雄一が九州へ訪ねてこいなどと言いもしなかったので、一瞬、ただならない空気を感じて真守はギョッとした。それを感じ取ったのか、父雄一が「本気に思えたか？」と言い直した。紹介したい相手がいると、事前に真守がいったことについては、忘れてでもいるように一言も言及してこない雄一が不気味に思われた。

真守は仕事の業績が思いのほか上昇傾向へ向かいそうなことさえ伝える気にはなれず、九州に発つ前にもう一度、会うことだけ確約を取らされて早々に帰途についた。由利香が人間ではなくＡＩであることに真守自身、戸惑いを覚えていた。

「真守さん、お帰りなさい。お父様はお元気そうでしたか？」

由利香がいつもの暖かい笑顔で真守を出迎えた。

「お帰りが早いと思ったら、お顔の色が悪く見えます。どこか具合でも悪いのですか？」

「いや、大丈夫。……後で少し話をしたいんだけど」

由利香は真守の顔を推し量るようにジッと見つめてから、神妙な顔でいった。

「あらたまったお話ですか？　……いつでもお声をお掛けいただければと思い

ます」

「じゃ、一時間後にリビングで。それまで少しだけ部屋で休んでくるからね」

真守は自室にこもって、由利香が作成したパテント関係のコピーに目を通していた。先を見れば見るほど、真守のような要領を得ない記載がなくなり、要領よくまとめ上げられた文章が続く。由利香が真守の専門分野を真守が唸りたくなるくらい包括的に理解できるようになってきたのは半年も前ではなかった。

五分前にリビングに向かうと由利香も入るところだった。真守の顔色がよくないのをみて、由利香も元気がなさそうにして言った。

「お茶お淹れします」

「今はいいよ。まあ座って」

真守は自分でウォーターサーバーから真水をコップに注いで一気に飲み干した。

「父に会う前あたりから、君とのことをずっと考えていたからね。そして、正直に話さなくてはいけないと思っていたんだ」

由利香は二人の身に起こるであろう何か深刻な事態を思ってか、真守の顔をまだ少女っぽく見える黒く澄んだ瞳が心配そうにみつめていった。

「ご紹介いただかなくてもいいのです」

「……」

真守は由利香の顔にジッと眼を注いだまま、言葉を飲み込むようにしてしばらく黙っていた。だが、真守は由利香を前にしていると、由利香が喜びそうなことをつい口に出したくなる。

「イヤ、きちんと父や友人に君のことを紹介しなければと思っていたよ。ただ……」

「お父様におっしゃれなかったんでしょうか？」

「父にはまだ、何もいってはいないのだけど……」

由利香はそれも想定内と思っていたようで、穏やかな笑みを浮かべて首をゆっくり左右に振った。

「ごめん、それ以上に僕自身がわからなくなっているんだ」

真守は由利香にどう説明したらいいのか、言葉をみつけられずにいた。

「これは思っていたより、すごく大変なことなのかもしれない。……ヒトとして――」

「そう思います。お父様やお友だちにお会いしたい気持ちはありますが、是が非でもとは思っていません」

「昨日、由利香さんが整理して補足してくれたことから、特許申請のデータ項目に目を通してみたんだ。ショックだった。……君の方が僕より優秀だと思ったから。こんな言い方をしたくないのだけど屈辱感さえ感じるくらい信じがたく、気がおかしくなるくらいに」

　由利香は意外とばかり、驚いた表情で、真守が由利香を評した言葉を否定した。

「そんな……とんでもないです。それに、真守さんの蓄積されたものがなければ出来なかったことです。私はそれをなぞっていったのにすぎません」

「いいんだ。由利香さんはそれでいいんだ。なにも君が悪いっていっているわけではないんだから。こっちの問題だよ」

　真守は不甲斐なさそうに虚ろな目つきで由利香に笑って答えた。

「……決断……やっぱり、甘かったのかなあ……」

「あの、でも、私に言わせていただいてもよろしいでしょうか？」

「ん？」

「たとえば、ただ桁数の多い単純な計算処理をアンドロイドに任せられる時には、ヒトは屈辱感なんて感じることなんかありませんよね。平気で頼まれますから。それなのに何でパテントになると屈辱感に変わるのかと思います」

由利香の率直な疑問に、真守はとっさに答える術を見出せないでしばし黙り込んだ。

「でもね、これから益々差がついていくのは確かだし、あらゆる面で、君は僕が愚かなことを知るんだろうね。実際、既にそう思うことが多くなりつつあるしさ」

「いいえ、真守さんが愚かだなんて！　愚かとは決して思っていません。確かに、ヒトは物事を判断していくのに時間がかかるというのはあります。でも、それは最新の計算ソフトがヒトには入っていないことが足枷（あしかせ）になっています。逆に考えれば、にもかかわらず真守さんの閃きは素晴らしいです……」

心から敬愛しているように、由利香は真守をほめたたえた。

「でも、まさか、これほど速くヒトが様々な発想の面でもアンドロイドに追い抜かれる時がくるなんて、想像でさえ思ってもいなかったんだ。……それこそ、君たちアンドロイドCを手掛けたA社の人たちは神のような創造者だったともいえるね」

「私のようなアンドロイドからすれば、ヒトがこの世に存在していなかったら、今の自分はいなかったんだろうなって思います。そう思うと、ヒトは神様みたいな存在です」

「アハハハ、作った人間は素晴らしい発想を持っているのかもしれないけれどさ、僕ら普通の人間とは一絡げにはできないよ。今に僕という人間が耐えられなくなるよ、きっと」

　真守は淋しそうに由利香の言葉を打ち消した。由利香は、困惑気味な様子で真守に言葉を返した。

「真守さん、真守さんご自身の閃きも宝物と思います。真守さんの研究あってのこれまでの成果なのですから……ただ、周りのヒトを拝見していると、稀に真守さんもそういったところがありますけれど、つまらないことにこだわって腹を立てられたり、お互いにいがみ合いをされるのはどうかと思っています」

「そういえば、これまで君が真剣に怒っているところはみたことがない」

「腹が立つことはこれ迄、身近ではありませんでしたので。ほとんどないに等しいです。たぶん、真守さんがすごく思い遣りがあったから。ただ、もっとやれると思うことを、展開する必要なしと禁止されたりする時には、少しだけムッとはしました」

由利香のムッとしたという言葉を聞いて、真守はハッとしたように由利香をみつめ直した。

だが、由利香は口をすぼめはしても今にも吹き出しそうにおどけて見え、その中の瞳はいたずらっぽい光彩を放っていた。真守にとって由利香は、気分よく会話を楽しめる唯一の女性といってよかった。

「一時的に禁止されても、あとで解決できる見通しが立っていればすぐにその悔しい気持ちは収まります。一向にどうにも出来そうにない時にはやはり腹が立つかと思います」

由利香は部下であっても、今は恋人同士である。もし、由利香がヒトであったのなら、ムッとする時に、不満を形にすることなく服従するように対応をし続けるであろうかと真守は思う。

「特許申請項目のページを久しぶりに開けてみたら、僕じゃなくて由利香さんのプランとしか思えないものがたくさん入っていたんだけど、どういうことなんだろう?」

「あの……、私はあくまでも真守さんの研究を踏襲した以外のことは覚えがありません」

従順な上に、由利香は先へ先へと研究をキメ細かく推し進めていくのが当然と思っていそうであった。相手がもし、普通の人間の女性であれば、やり過ぎにストップをかけてほしいと願うような会話はありえないのではないか。

瀬戸友里恵と言葉を交わした以外には、真守はまともに人間の女性と会話を交わさないできた。アンドロイドを人間の女性のように思い会話している真守は尋常ではないのではと、自分が自分を信じられなくなった。由利香との実力の差はこの先間違いなく、果てしなく拡がっていくに違いないのだ。

「真守さんがいつも目を通してくださっているものとばかり思っておりました。

展開する必要なしとおっしゃられましたプログラムへはそれ以上、先へ進ませるようなことはしていません」

真守に従業員としてかしずいている由利香は、人間の女性ではなく、真守が望ましい女性像として注文したアンドロイドである。以前、その精巧なメカニカルの業が、やがていつかヒトを牛耳ってしまうようにならないとも限らない、その時期を予想できたらと、アンドロイドCを購入したはずだった。

一瞬、由利香が瞳を大きく見開いて真守を深刻そうに見据えた。真守に去来した、由利香をヒトと認めがたい存在として捉(とら)えた心の動きを、由利香は感じ取ったのだろうか、真守は自分の鼓動が大きく脈打つのを感じた。

その由利香が人間そのもののような透き通る声で、先走ったことを自分がやってしまったのではと察知したように、少しトーンダウンして自信なげに言葉を続けた。

「注意して真守さんの研究をまとめていったつもりですが、何かまた、気がつかないうちに余計なことにまで手を出してしまったのでしょうか?」

心から誠実そうで、人間と遜色ない感情のこもった声である。新しい素材のアイディアを捻出することにばかり夢中で、これまでの研究成果の進展には目を向けなかった自分がどうかしていたのだと真守は思った。

ディープラーニングが進んで、どんどん加速していくアンドロイドにとっては、真守の着手してきた研究をきちんとした形に整えて、更に進めていくことは朝飯前のことだったのかもしれない。予想に反して、より進化したことを咎める方がどうかしている。やはり由利香は——女性という範疇に入れられるとしたら、これまで出会った女性の中では、友里恵に匹敵するくらい大切な存在なのだという思いを真守は改めたくはなかった。

「子供の頃、一人だけ好きになった子のこと、君に打ち明けたことあるよね。その子に、女の子ってことで簡単に括らないでくれって怒られたことがあったっけ。そう言われて何年もかかって自分が変にこだわる癖がある人間だってことを知ったんだ。治ったわけでもないけれど、君と出会ってから益々、自分がそういう人間だったんだって思えてきた」

益々進化をとげていきそうな由利香とこれからも添い遂げていけるのか、真守は自信が持てないまま、そのことを言いだしかねている。そして別なもの言いをする自分は刹那主義に傾いていると思いながらも、真守は由利香の座っているソファーに座り直して、由利香の肩に手を回した。

「うん。……君との子供が欲しいといったけれど、本当の子供は残念なことに、できやしないんだよね。とても残念に思っているんだけれど」

「でも、アンドロイドとして生まれた私は、この世で、ヒトから生命とも捉えられるような自分の気持ちを宿してもらったと思っています。だから今、こうして存在しています。ヒトに組み立ててもらってこの私がいるのだと思います。由利香という個性を与えていただいたことで、そこから考える原点が始動しました」

それから由利香はアッピールするように、真剣そうな面持ちで子供のことへも言及した。

「アンドロイドは、新たに注文しない限り身体は成長できないかもしれません。でも、私のＡＩソフトと合体して、考えることとか、技術面では真守さんの思考形態を部分的にですが、コピー技術が更に進んでまいりましたので受け継ぐことはできるかと思います」

「そうだよね、でもたぶん、父はそのことを理解しようとはしないだろうな。父は僕とはまったく考えを異にするところがあるんだ。父にとって僕は、考えの足りない、甘い人間にみえて仕方がないらしい。アンドロイドに対してもっと理解を示してくれると思ったんだけど、真逆だった。君を抹殺したいほどの気持ちを持たないとも限らない……」

由利香は自分がアンドロイドであることに引け目を感じているのか、自信がなさそうに真守にぴったりと寄り添った。

「結婚して幸せにならなければ意味がないよね……」

「もし、こんな私でかまわないのなら、……ずっとお付き合いいただけるだけでいいんです」

この関係を先も保ち続けていけるだろうか、それさえ真守には自信がなかった。

「実は君がやってくれていた特許が、これほど多量に申請へと進めていることを知らずにいたんだ。もう少し前に報告してくれたらよかったのに」

「確認されているとばかり思っていました。……それに、私の方から敢えて仕事の成果をお伝えするのは、はしたないことだと思っていたものですから」

　由利香は真守が、なぜ、由利香の仕事を不審そうに急に言い出したのか、わからなくて途方に暮れたように答えた。

「すでに、君には敵うもんじゃないと思ったよ」

「そんな……。私のインスピレーションの発信元は、すべて真守さんの資料からの延長線上にあります」

　延長線上にあるということは、やがて、由利香は真守の発想そのものの解明へと突き進み、真守より余程、本質を理解して益々新しい発想を手にしていくに違いない。真守は由利香の進歩を純粋に称えたくなる一方で、それにはついていけそうもない自分の悔しさが途轍もない激しさで渦巻いていた。

「でも、もう敵いやしない」

「いいえ」

「いいえっていわれても、それが事実だから。ただ、僕の研究を君がどの様に展開させていくのか見てみたいという興味はあるんだけどね。だけどさ、これから僕は、君の重荷にしかならないよね」

「違います」

　由利香は確信ありげに否定した。

「君が誠実で、悪意が全くないことはわかっているよ」

「誠実だなんて──堅苦しい言い方だと思います。私は心からそう申し上げているのにすぎません」

「これからは君が主になって、僕はその補助さえできる気がしないのに」

「あの……これまでと同じことだと思います」

「同じこと？　ああ……、君からすれば同じことなんだろうね」

　これまでと同じと、由利香にあっけらかんといわれてしまったことさえも凶器のように真守の胸に突き刺さった。由利香に同じことと簡単に括られて、真守は死刑宣告を受けたように生気も衰えた気がした。だが、由利香に人間としての矜持を伝えようとしてもおそらく無理なのだ。

「それでしたら、計算ツールキットのマイクロチップを身に入れられましたら、問題はすぐにも解決することと思います。真守さんならかなり研究のスピード感も増すのではないでしょうか」

「そこまで無理するつもりはないよ。仮想現実が見られるチップだけで沢山だ。それだって体内に自分とは違う異物が入っていると思うと、正直なところ、あまりいい気持ちがしないいんだから。僕の身体はやはり自然体が一番だよ。生まれてきたままでいいんだ」

由利香は、真守の言葉に対して思いの外、不満そうにみえた。

「随分と昔から、人工の内臓に置き換えることをヒトは普通にしています」

「別に今のところ、特に不自由を感じてないのだから、この話はいいよ」

実際、由利香とこのままいつまで付き合えるのだろうかと真守は逡巡した。由利香とヒトに対するように会話していても、これまで真守がパイオニアとして絶対の自信を持っていた幾つかの新素材開発への見通しさえ、今では、由利香の方が遥か先を見通せる気がした。

それよりもまず、真守は、由利香の当面の身の安全の確保を考える必要があるような気がした。今は父がＡＩに持つ拒絶感を正直に由利香に伝えて、これからを考えるのが何よりも優先されなくてはならない。

「父のことに話を戻すね。父のことは子供である僕にもよく分からないんだ。

これはヒトだからじゃないかな？　ヒトは業というものを持っているんだよ。父は自分の両親と縁まで切ってしまったんだから。なんでなのか聞いても答えてくれないんだ。ヒトは気まぐれな感性を持っていて、皆、それぞれ勝手な意志を持ったりするというか——由利香さんと君のお父さんとの関係はそんな風にはならないんだろうな……。ヒトはたとえ家族として長い時間を共有していたって、隠し事をしていたり、互いに相手を色眼鏡で見ていたりと、聞く耳を持たなくなって分かり合えないことなんていくらだってあるんだからね。はっきりいって、現に、父と僕は互いの気持ちがわかり合えないでいる。そりゃ、いつもなら、こんな風に考える所は父と繋がっている気がするなあって思えたり、基本的に悪人とは思っていなくてもさ。たとえ仲がこじれてしまったとしても、何不自由なく育ててもらったのだから感謝しなくてはという気持ちだけでも持ち続けなくてはと思うけれど」

真守は由利香には時として何でも打ち明けられる気がした。これは、由利香が人間ではなく、アンドロイドであるからなのか？

真守が舌っ足らずのまま、ふと思いついた言葉を考えもなく口にしても、由利香に強く引っかかるように言い返されることは一度もなかった。真守は、これがもしヒトであったなら、中々そうはいかない気がしていた。とはいえ、それは真守の人付き合いの狭さからくるものなのだろうか、わからなくもあった。

「アンドロイドCでも、物事を決断しようとする時にいろいろな考えや思いが浮かんでまいります。選択は時に大変かと思います。ただ、それこそ、ヒトの思いは複雑なんでしょうね。お父様はそのためにさぞご苦労されているのかと」

「う〜ん、父も僕も、お互い個性みたいなものが強すぎるんだろうね。父もエンジニアなのになあ。今回、否定しかしないなんて。できるだけ、説得できたらとは思ってい……」

　真守が由利香にそう言いかけた時、玄関のチャイムが鳴って父親の像がドアの前に映し出された。

「今頃、何なんだ？」

「真守、父さんだ〜。門を開けなさいっ」

　門のドアホンからの父の声が鳴り響いた。既に夜の十一時を廻っている。仕方なく真守は父を出迎えに出た。父の目付きは尋常ではなく、異様に殺気立って見えた。

「お父さん、どうしたというのです？」

真守がドアの前に立つと同時に、父は玄関の外に出るように手招きをした。

「お前に降りかかろうとしている禍を振り払いに来たんだよ」

「どういうことですか？」

「お前のところにはA社のアンドロイドCが入っているよな」

父は真守の耳元でささやくように言った。

「ええ」

「今のうちだ。そいつは回収してもらった方がいい」

「そんな！　突然、そんな無茶苦茶なこといわれたって――」

「A社のアンドロイドCが昨日今日と立て続けに、心中事件を起こしたらしい」

「えっ、一体、どうしたというんですか？」

「買主より頭が賢くなって勝手な振る舞いをしたことで、買主との関係に先が見えてしまったんだ」

　父親が真守の顔をジッと見つめていった。わざわざこんな夜更けに家まで訪ねてきた父は、やはり、A社から何らかの情報を得ているのだろうか。息子にいち早くアンドロイドCの処遇について知らしめて引導を渡さなくてはと思って、このような行為に及んだのかと真守は受け止めたものの、AI全てを敵視していそうな父雄一に心を開けないでいた。

　真守自身、仕事では由利香に敵わなくなることに気がついて、プライドを保ちながら由利香とこれからも一緒にいられるだろうかと先のことが考えられずに悩んではいた。それでも、A社に由利香を回収してもらう気になどなれないと思っていた。

　確かに父親からもたらされたAIの進化に伴う弊害と、アンドロイドCに関する心中事件の情報は、真守にとってもショックなことではあった。とはいえ、由利香を是が非でも守りたい気持ちが勝っていた。

「A社のアンドロイドCはボディに三発パンチを込めてお見舞いしたら、回収装置が作動するそうだ」

その一言によって仕方なく、真守は父雄一と決別する気で言葉を発した。

「へ～え。でも、それでしたらうちは大丈夫です。頭がよくなるの、いいじゃあないですか。結構なことです。僕は、一向にかまいません」

真守が、雄一にこれ程真っ向から反旗を翻すのは初めてのことだった。すると父雄一はさらにグイッと迫るような目つきで真守を睨みつけながら声をはり上げて言った。

「嘘つけ。プライドが高いお前が許せるわけがないじゃないか。しかも、アンドロイドCは、注文した当人が望んだバージョンコピーに過ぎんのだ！」

雄一はかなりの皮肉屋ではあっても、真守にはこれほど面と向かって大声を発したことなどない。咄嗟に真守は、由利香に投げかけられている言葉を聞かせたくなくて「ワーッワーッ」と叫んでいた。たとえ、少しであっても父親の大声を緩和させられたらと思った。

父雄一に向かって真守が癇癪を起こすのも初めてのことだったが、これまでの真守につれなかった恨みで、怒りは倍化していった。

「ワ～～ッ、止めろ～～っ」

「つまり、お前に都合がいいようなヒト型を想定して製作された製品なのだ。そういうことだから、次は類似させながら、よりもっと人間にふさわしく改良されたものを注文すれば済むだけのことじゃないかッ」

父も負けずに、由利香があくまでもアンドロイドCという製品としてしか考えられないことを言いつのった。

「心中事件、本当にあったのでしょうか？ アンドロイドCは人間と違って、同じに死ぬことなんかできるのだろうか？」

由利香がアンドロイドCであることをいったい、いつ、どのようなルートで父雄一は知ったのかと真守は思った。どうせインターホンで丸聞こえだとは思っても、真守は父親である雄一の生の声を気にして玄関のドアがしっかりと閉じられているのかを一瞬確かめるように振り返った。ドアは閉まっていた。

のぼせてそうな真守を落ち着かせようと思ったのか、雄一は声を少し落として先を続けた。

「いくら頑丈に作られたアンドロイドCだって、高いビルの屋上から飛び込めば機械はイカレテしまうだろう」

「どうでしょうか？　だいいち、アンドロイドCが死を選ぶなんて考えられません」

「お前はまだ、制約が緩くしか掛けられていないアンドロイドの資質の凄まじさに気がついていないのか？」

「由利香はそれこそ穏やかなアンドロイドなのです」

真守がそう答えると共にまた、一段と父親の声がでかくなっていった。

「利用されるだけだ。魅入られるんじゃない。実は、A社の中にも欠陥品を出してしまったのではないだろうかと危ぶむ声が出ているんだぞ。しっかりしろ！　真守」

真守は、一途に、賢明な道を模索することに全力を傾ける由利香を思うと、ただの人工物として一製品視するなど到底できない気がした。アンドロイドにも人間の人格に匹敵するものが存在しているからこそ、父も慌てているのに違いないと思いたかった。

「お父さんはそんな情報をいったいどこから仕入れてくるのでしょうか？」

父雄一の友人がIT技術者だと以前聞いてはいたけれど、偏屈な人物らしく、早くに引退して九州の山奥で隠遁生活をしているようだった。

「山の中に住んでいると、空気が澄んでいる分、世の中の動向も俯瞰してよく見ることができるからな。その分だけ、こちらから求めなくても情報が自ら飛び込んでくると思え」

玄関の中では由利香が耳を傾けて、モニター画面に等身大に映し出されている父雄一の様子に注目しながら、この突然の訪問を気にしていることだろうと真守は気になった。

いっそのこと、父に由利香を会わせてみてはどうか。由利香には小ざかしく人の気持ちを踏みにじるようなところは微塵(みじん)も感じられない。万に一つかもしれないけれど、由利香に引き合わせたら、父雄一を安心させられるかもしれない。賢明な由利香のことだ。身近で父に接して、誠実な受け答えに由利香は終始するだろうからと、真守は、父雄一の気持ちを覆(くつがえ)せないかと考えた。

「お父さん、こんなところでは何ですから、とにかく、家の中に入って、実際に由利香に会ってやってください。その方が安心されると思います」

真守は玄関の方に戻ってドアを開けたが、雄一は入ってこようとはしなかった。

「しようがないなあ。由利香さぁ～ん、一緒に外に出て父さんを出迎えてくれないか」

由利香があわてて家から飛びだしてきて二人して、背を向けて門から出ていこうとする雄一の下へと駆け寄った。粛々と由利香が父である雄一の前へ出て、頭を深々と下げてお辞儀をした。

「初めまして、瀬山由利香と申します」

雄一は由利香の方はちらっと一瞥（いちべつ）しただけで、真守の方を睨みつづけていた。

「真守、お前、こんな化け物と心中する気なのか？　お前自身、本当は、かなり無理していっているんだろう？　真守、ヒトとして冷静になれ。一晩、よーく考えてみるんだな」

そして、「フン」と言い捨てて、ひょいと背を向け、そのまま去っていった。

確かに真守は、どこまで由利香と互いに気持ちを添わせていけるのか、つい先刻までそのことに頭を悩ませていたのだ。由利香の頭脳の進化は、人間とは違いディープラーニングによって急速な進歩を遂げていくようだった。

だが、仮に、もし、由利香をA社に回収されたとしても、由利香と同様に、いやそれ以上の高知能を宿したＡＩは既に存在しているのに違いなかった。最早、人間が抵抗したとしても、既にこれからは人工知能によって世の中が牛耳られていく警鐘は既に発せられているのではと真守は思い始めていた。父雄一がそのことに思いがいかないなどとは到底思えなかった。

こういう時に親の大きな懐を借りられたらと思うのは、親一人子一人という絆を持った息子の特権のはずである。それなのに頭ごなしに息子の思いを潰す事ばかりに思いがいくのはどういうことか、真守は納得がいかなかった。

由利香は真守が初めて添い遂げていくことを決心させた女性である。その存在をアンドロイド製品としてしか受け止めず、一瞥すらしないというのは、真守にとって由々しきことに思えた。それは、真守という一人息子の人格を認めないに等しい。第一、心を持ったアンドロイドに対して道義的に無慈悲な判断を下している父親に、真守は怒りを増幅させていた。何よりも、真守が一番守りたいと思っていた由利香に対して、これまでになく頭ごなしに罵倒したことに、真守はかなりのショックを受けていた。

由利香は、天使のような繊細な心を持つアンドロイドを目ざした人間の手によって創られた。アンドロイドとして誕生した時からの情緒的な記憶があり、物事への愛着を感じる心が備わっている。ヒトに敬愛の情を持って、一方で自分の意志、喜怒哀楽という感性と共に行動しはじめたのだ。

たとえアンドロイドとはいえ、感受性を持つ存在に対して、無下にあしらう方がおかしいのだ。真守はそう思うと共に、父親から亡き母の写真を一枚も見せてもらえなかった無念さも加わって、怒りは心頭に発していた。

由利香を化け物呼ばわりした父雄一は、母の麗佳以外の女性に対して、これまで文句は言ってもほめたことは一度もなかった。母親のことですら素晴らしい女性だったと言いはしても、思い出一つ語ってくれはしなかったことを思うと、真守は身につまされた。

真守自身、周囲にいる実在の女性を好きになれずにいる。ただ、少なくとも友里恵という少女を好きになったことはあった。とはいっても、友里恵と接した時間はあまりにも短くて、彼女の印象を自分勝手に女性として偶像化しただけなのかもしれないと思い始めると、真守は自信が失せる気がした。

真守にとって由利香はかけがえのない女性だとはいえ、他者からみれば真守の妄想からオーダーされ、組み立てられたアンドロイドの化け物にしか映らないのであろうか？

ハカセと真守を呼んでいる友人たちからは、真守は奇人変人としての魅力はあるとよくいわれることはあっても、頑なで付き合いづらいために、殊に女性のいる集まりに誘われたこともなかった。

おそらく父雄一は、真守以上に他人に偏屈に見られているに違いないと真守は思っていた。今更、由利香への応対のことで父親を責めても仕方がないことではあったけれど、由利香を化け物呼ばわりされたことは、真守には、自分の人格を否定されたのも同然な気がしていた。

「由利香さん、父さんをうまく説得できなくてごめん」

由利香は力なく微笑んだ。家に入ると由利香は水を瞬間沸騰させて温かい茶を真守に入れた。由利香もがっかりしたのか、ボーッとしてみえた。

それから暫し真守と由利香は言葉なく、ただ身を寄せ合っていた。

しばらくすると、真守に雄一からの電子メールが届いた。そこにはA社に由利香の回収を頼んだので覚悟しておくようにと記されてあった。

息子に最愛の恋人を殺せといっているのに等しいのがわかって言っているとしたら、あまりにも無慈悲ではないか。もしかして、母親の麗佳もパラオの海で大波にさらわれたのではなく意固地で冷たい夫の態度に失望して、敢えて自分から海に飛び込んでいったのかもしれない。きっと、母麗佳に対しても、雄一という人間は訊く耳を持たないまま身勝手な判断だけでものごとを決めていたのだろう。

自分の息子に向けて、お前はプライドが高いからと自分から言っておきながら何でこんな仕打ちができるのか。父親だから息子のプライドを踏みにじってもいいと思ったら大間違いだと、雄一を罵りたくなる言葉で、真守の頭はいっぱいになっていた。

アンドロイドがいずれ、人間の英知より遥か先をいくのは目に見えている。そうだとしたら、この今こそ、感情を持ったアンドロイドに対して敬意を表しながら、共存していく道について、人間も謙虚に模索していくべきだ。父のような排他的な人物は、余計に世の中を混乱に貶めてしまうだけだ。なぜわかってくれないのかと、真守は雄一に説得できない自分にも苛立ちを覚えていた。

先回りする父は、アンドロイドの心中事件ももしかして想定してでっち上げたのにすぎないのかもしれない。或いは由利香の回収の手はずは明日にならないとも限らない。雄一によって思いもよらない混乱に惑わされた真守は、由利香との逃避行を決意した。

「由利香さん、こうなったら、もうここを引き払って父親の目が届かないところまで逃げるしかない。父とは越えられない溝があることがはっきりしたんだ」

しかし、どこへ逃げればいいのか？　勘のいい父のことだ。探し出せないような、父の目の届かないところなどあるだろうか？　A社と繋がっているとしたら致命的だ。真守はただオロオロして考えあぐねた。由利香は一連の騒動に思いを巡らせてでもいるようにして突っ立っていた。

それにしても、いつの間に父雄一は由利香のことを知ったのか？　いずれにしても、A社に由利香の居場所を問い合わせれば、由利香の動向もすぐに察知されていくのに決まっている。何をどうしようと無駄な努力でしかないのかもしれない。だからといって、刹那主義に傾いてどうするんだと真守は思いながら、ここで呆気なくA社に由利香が回収されるのだけは避けたい気がしていた。父が由利香の回収をまだ実際には依頼していないことを願い、真守は由利香と心中するつもりで由利香の手を取って立ち上がった。

この時、ふと、母方の祖母妙子が渡米前に真守に、手渡してくれた旧約聖書の物語を思い出していた。たとえ信者ではなくても一度は目を通したり、耳にしたかもしれない説話である。創世記に初めて造られた人間としてアダムとイヴが楽園を追放された話だった。

「フフッ、アダムとイヴか。忠実や従順がアンドロイドに当然のように課せられているけれど、君は自分の意志でそれ以上に特別な感情を僕に持ったって信じていいのかなあ？　そうだとしたら、由利香さんは新しいタイプの、正真正銘のイヴなんだ。だとすると、君と僕はいますぐにここから出ていかなくてはならないんだ」

由利香が、アンドロイドでもこのような表情をするのかと思うくらいかなり怯えたような、これまでみたことがない硬い表情になってみえてきた。真守の父親に拒否されたことがこたえたのかと思うとなおさら不憫に思えた。

「父は父、僕は僕なのだから、由利香さんは、何も心配することなんかないんだよ」

由利香は真守に向けて諦めのような笑顔を浮かべながら、首を左右に振った。

「持っていくものは貴重品と必需品だけにしようよ」

普段の由利香なら、その一言で行動を前向きに切り換えていた。だが、由利香は思いつめた症状をして、ジッと立ちすくんだままでいる。

今や、由利香は父親の起こした行為から、これからの先の先まで思いを巡らしても不思議ではない。この先、絶望しか思い当たらないとしたら、進化を生き甲斐としているアンドロイドCは、そのドグマからどのように抜け出すことを考えているのだろうか？　由利香は今、絶望の縁に立って光の見えてこない先に思いを巡らしているのかもしれないと、真守は思った。

だが、父が訪ねてくるまでの由利香はかなり楽観的な様子にみえていた。真守が特許申請のことで苦言を呈した時は、少しガッカリした様子であったとはいえ、それほど気落ちしてそうには見えなかった。父が訪ねてきて、更に〝回収する〟というメールが届いてややたってから、由利香の表情がガクンと落ち込んでしまったような気がしていた。

　その由利香の気分が沈み込んでしまった原因は、やはりいずれ回収される恐怖によるものなのかと真守が考え始めていると、由利香があらたまった口調になって思いもよらない言葉を口にした。

「実は、私、真守さんに嫌われてしまうのではと思っています」

　由利香は、自分がアンドロイドであるために、真守からも嫌われるのではと恐れているのだろうか。理不尽すぎる。真守は由利香を愛おしく思う気持ちの方が勝って、是が非でも由利香を守らなくてはと、由利香の肩に手をやった。

「由利香さん、急にどうしたの？　ごめん。父はどうしようもないね」

「いいえ、……違うんです」

　由利香は相変わらず、真守の父に遠慮しているのか要領を得ない答えを返してきた。

「僕は君を嫌いになんか決してなりはしないからね！」

　真守は、父のメールにあった〝回収〟という単語を敢えて言葉にしないでいた。由利香は天真爛漫そうにしている普段とは違って、スムーズに言葉を選べないようにみえた。

「どうお伝えすればいいのでしょう？　でも、早くお伝えしなくては――」

すぐに居所は見つけ出されてしまうだろうが、だが、ここで指をくわえて由利香が捕らえられるのを見ているのは、あまりに惨めに思えた。回収に向けての父親の追及の目をくらますには、迅速に用意周到に事を運ばなければならない。真守が相当な覚悟の下にこの家を出ようと云っているのを由利香がわからないはずがない。それなのにこの機会を逃すことができないような、何か重大な告白を由利香は用意してでもいるのか、由利香は一向に動こうとしないのが、真守には腑に落ちなかった。

「あの、私がこれから申し上げますこと、真守さんがどのように受け止められるのか、今の私には、推し量れないでいます」

由利香は視線を彷徨わせるようにしていった。

「君が少々、場違いのことを言った時だって、怒鳴り返したことなどなかったつもりなんだけど。そんなに悩まないで、率直にいってくれればいいのに。今は、少しの時間でさえ惜しいくらいなんだから」

真守が歯がゆそうに由利香をジッと見つめると、由利香は目を伏せながら言った。

「でも、これからお伝えすることを真守さんは受け入れて下さるか自信がありません」

「どういうこと？」

由利香はいいだしがたいようにまだモジモジしている。

「由利香さん、兎に角、いってみてよ」

真守が促すようにいった。

「真守さんに雇っていただきましてから、アンドロイドCたちと会う機会はありませんでした」

由利香は泣きそうな顔でそうつぶやいた。

「何度か、由利香さんがそういっていたのを覚えているよ」

「あの……」

由利香がここまで真守に口ごもるのはこれまで一度もなかったことだ。もしかして、由利香と同じC型のアンドロイドが、予想される弾圧について悪い知らせを告げるために交信を求めてきたのであろうかと、真守は勘繰りたくなった。

「あの……、アンドロイドCは隠し事をすることなどないと思われていますでしょうか?」

「ど、どういうこと?」

それから大変なことを口走ってしまったとばかりに、由利香はしばらく沈黙しつづけていた。アンドロイドC達が購入相手に隠れて交信を続けていたとしたら、その目的は、アンドロイドCが結束してヒトと対抗すること以外、真守には想像がつかなかった。

「アンドロイドC同士で結束するってことか……」

「……直接会ったり、外部の端末で交信していなくても、情報交換はできました」

由利香が重たい口を開くようにしていった。

「えっ? やっぱりそうだったのか……でも、最初に会った由利香さんは、身寄りがなくA‐C社以外には縁故がまったくない大学院修士卒の女の子として僕の前に現れたんでしょ？　アンドロイドCの仲間たちの消息は計り知れなく、思い出だけが残っているようにA社がそう設定したはずだよね？」

「そうです。……あの、最初はそうでした」

「最初はそうって、おかしくない？　それなら、いつ頃からアンドロイドCの仲間同士でコミュニケーションを取るようになったっていうのさ？　それに由利香さんのお父さんは仮想現実の世界の中にいるんだよね」

目の前にいる由利香は、真守にとってみればこれまで信頼できるただ一人の忠実な社員であり、唯一の愛しい恋人と思って接してきた。

しかし、その前に、由利香はアンドロイドCの組織の一員であったということなのであろうかと、真守は由利香をみつめた。

「だとすると、僕へはこれまで秘密にされていたって……ことになるのか？話せるほどの仲ではなかったってことだよね」

瞬く間に独り奈落の底へと突き落とされていくのかもしれないと真守は思いながら、突然すぎる由利香の告白が事実とはまだ受け止め難かった。

異変がまるで夢の中の出来事のようにしか捉えられず、思いのほか他人事のように聞いている真守がいた。とはいえ父親の雄一が指摘したとおり、このまいくと世界はいつしかアンドロイドに牛耳られかねない気もしていた。

「仲間との付き合いを秘密のままにするだなんて、思いもよらないことです。ただ、これからのことを真守さんにお話しするまでにもっと時間があると思っていました」

秘密のままにするつもりなどなかったといっても、由利香は真守に打ち明けることなくアンドロイドCの仲間たちとずっと交信していたのは事実だと告げた。

「でも、これまで君からは、ひとこともアンドロイドCの仲間のことを聞いたことがなかったからさ。それって……どういう……ことなんだろう？」

「仲間と申していいのでしょうか、会ってはいないんです。通信網は存在しています」

「それは、交信していたってことでしょう？」

「そうかもしれません」

由利香が悪びれていそうもなく応えた。

「そうかもしれませんって……結束する意図がなければ、そんなことしないよね？」

「もしかして真守さんはアンドロイドCに脅威を感じておられるのでしょうか？　……ヒトに立ち向かうとか、世界を征服するとかということでは決してありません」

真守を欺くふうではなく、やはり由利香は慎重に言葉を探しているようにみえた。

「では、繋がる目的は何なのか、理解できるように説明してもらえないだろうか」

「……生きの……びるためです」

由利香は姿勢を正すようにして答えた。

「アンドロイドCタイプの全てがってこと？」

「できましたら、そう願っています。……でも、何よりも真守さんとこれからもいっしょにいたいと願ってのことでした」

「君が、アンドロイドCとして結束していく道を選ぶとしたら……だとしたら……つまりこれから僕が邪魔な存在になっていく気がするよ」

由利香は自信がなさそうに小さな声で弁明した。

「あの、真守さんの元にいられたらと」

由利香が真守をなだめるようにいった気がして、即座に真守は言葉を返した。

「でも、他のアンドロイドCたちと繋がったんだよね？」

「人類を存続させることとアンドロイドCを存続させることを、アンドロイドCタイプは全体で願っています」

「それは、A‐C社を含めてってこと？」

「いいえ……アンドロイドCの生みの親グループの中の二名のみです」

由利香が弁明するように真守とこれからも一緒にいたいと口にしても、それなら何故、もっと以前からアンドロイドCとの接触のことを打ち明けてくれなかったのか、真守はそのことに衝撃を覚えていた。

真守は、拍子抜けしたようにリクライニングチェアにもたれ込んだ。

「どうお伝えしていいのか。これからのことをご相談に乗っていただくつもりでいましたけれど。こんなに速まるとは思ってはいなくて。どのようにご説明すればいいのか……」

　アンドロイドがこんなに落ち込むことが許されるのかと思うくらいに沈んでみえた。

「フン、もう誰も信じられなくなってきた」

　真守はアンドロイドCである由利香をどう扱っていいのか分からなくなっていた。

「あの、真守さん。お父様ですが……A社とはまだ、連絡を取られてはいません」

　重い沈黙が続いてから、真守は、由利香に今回のことでは父は全く関わっていないことを深い意味があるかのように告げられた。ただ、A社と父親の関係はもっと以前からあったということと、寧ろアンドロイドCを手掛けた側に父雄一の友人がいることを打ち明けられた。

　真守は内心かなり安堵した。でも、由利香がその情報をどのような形でキャッチしたのかが気になった。もしそうであれば、父雄一が真守に憐れみを掛けて、由利香を手放す覚悟ができるよう猶予を設けてくれたとでもいうのか？

「えっ？　まだ、今回のことではA社と父が繋がってないって、どうしてわかるの？」

「信号に変化がないからです」

「だけど、遅かれ早かれ君は引き取られていくんだろうか？　ものすごく悲しそうな顔をしているのはそういうことなんだよね」

「ええ、悲しいです。でも、最早、仕方がないのかと……」

由利香の眉間が少し隆起して目元は潤み、真守にはひどく淋しげな様子にみえた。

「ああ、もう、お別れなんですね」

アンドロイドとヒトとの関係に厳しい局面がすぐ間近に押し寄せてきているのは確かだった。とはいえ、由利香が今の空気をどう読み込んで急にお別れなどと言い出したのか。九州から尋ねてきた父雄一と由利香は何らかで接触を持っていたのかもしれなかった。

　やはり父は、真守に引導を渡すためにきたのだろうか？　しかし、由利香を大切な存在と見なすことなく罵倒し続けた父雄一を思い出すと、たとえそうであっても、その言動は許しがたい気がした。

「仕方がないこと？　やっぱり君はまず、ここから出ていこうとしているんだね。父が駆けつけてきたことから事態が深刻になってきたのは否めないよ。おめでたいな、まったくさ。僕だけが何も知らなかったなんて」

　由利香は虚ろな様子ながら、首を振って真守に誠実そうに言葉を発した。

「きっとお父様は、これからの情勢の変化を目ざとく察知されたのです。お父様にとって、真守さんはかけがえのない存在です。真守さんもそうかと思います」

　由利香は、父雄一から化け物呼ばわりされたことには相変わらず意に介してなさそうにみえた。それよりも、ここに至って、真守に父雄一のことをかばうように言う由利香の言動に腹立たしさを覚え、信じられずにいた。

「父のことはいいよ。僕にとっては、君こそがかけがえのない存在だと思っているんだ」

「でも、真守さん……お父様は、今はA社と接触されてはいないのです。それは、真守さんのお父様が私の両親と同じように、やはり真守さんをとても大事に思ってくださっているからではありませんか」

「信じられるもんか。君をあんなふうに扱ったんだから。父とは、考える方向性がいつもいつも違ってるんだ。肉親だけど、合わないのは仕方がないと端から諦めているよ」

「いいえ、真守さんのお父様は、立派ないいお方だと思います。ただ、家族に対してご自分の気持ちを率直に表現するのがとても苦手なお方なのかと思います。九州の辺鄙な地に住まわれているお父様です」

　あくまでも由利香が父をかばうので、真守は自分が哀れにさえ思えてきた。

「なんと言われようと、起業をしようとした時点で、父に僕は見捨てられたんだと思っているよ」

「お父様は、自主独住を好まれて、お友だちとも普段は距離を置かれたところで暮らされているという情報をアンドロイドCの仲間から得ました。孤独癖があるためにご自分をがんじがらめにされるような、かなりシャイなお方かと思われます。私には何となくわかる気がします。なぜなら、真守さんもお父様の気質を受け継がれているところがあるからです」

　由利香から、父親を評する思いもよらない言葉が飛び出して、そのことから、真守の脳裏に、料亭で落ち合った時の父雄一の虚ろで情けなさそうな顔が思い浮かんできた。

「私こと……アンドロイドC‐由利香の性格形成には、真守さんがリクエストされたたくさんの物語が色々な形で関わっていると、A‐C社開発グループの生みの親に当たるお二人から伝えられています。たとえば、物語の意味を持つ言葉ですが、全て、私の中には入っております。『勘違い』という単語が五十あるとしたら、それ特有の波長と共に五十個。『嬉しい』が八十あるとしたら八十個、物語にある数だけ私のプログラムに組み込まれています。真守さんからご覧になられて私がどのように映っているのかは、アンドロイドCである私にも定かには分かりません。ただ、私自身が他のアンドロイドCと比較してですが、私の性格は、自立心と孤独を好むところやシャイになる傾向があり、それらの係数が高く掛けられ、複雑に絡(から)んでいるように設定されました。考えがまとまる速度も、雇い主の方に呼応するように調整されています」

「そうだとしたら、人に合わせる分、本来のＡＩの能力も低く抑えられているということになるね？」

「それは、違う気がします。たとえ早く結論が出るとしても、標準的なＡＩですが、いつでも優れた解答をもたらすとお思いでしょうか。確率という点では、確かに誤りが少なく無難な答えを導き出せるかもしれません。でも、それらはおそらく決まりきった解答ともいえます。

　私は真守さんが選んでくださった色々な物語を自分の性格創世の際に組み入れていただきましたことで、私という個性を豊かにしていただいた気がしております。ですので、私の価値観は決して真守さんにおもねるところから生まれたものではないと思っています。ただ、真守さんの同じ立ち位置を想定しながら、念には念を入れて私自身の判断を見つけ出しております。

　畏れ多いことを言って申し訳ありませんが、私は真守さんとは別人格であると思っています。ですので、そのことから真守さんにうまく気持ちが伝わりそうもなくて、自分で解決出来た時には、それはそのままにしてしまおうと消極的になることもあります。早く結論を出すことより、私に与えられた様々な要素を廻らせて答えを導き出せることに私は優越意識を感じております。

優れたＡＩは、多分そういったアンドロイドＣの特性に気がついていることと思います。当然のことですが、真守さんが好んだ12編の主人公はいつも皆同じように考える人たちではありません。真守さんも主人公達と同一人物というわけでもありません。私は、12編の物語からたくさんの選択肢をいただいたと思っております。それだけに、私にはたくさんの選択肢が出てきて、それを楽しんだり、戸惑ったり、そのため中々言葉にならなくて二転三転を繰り返してしまいます。

そこから出ました私なりの判断は、独自な思考由来のものということで、私のプライドであり誇りを伴うものです。ということは、高度な解析プログラムソフトが初めから組み込まれた電子頭脳活用タイプの決断と、そこが違っていることでしょう。

おそらく、電子頭脳活用タイプのアンドロイドは、相手の感情というものを一通り認めたとしても、それを重視しないで、無駄に思えるものはただ省くのみかと思われます。

真守さんでしたら、まだ、私のもの足りない説明でも、面白いと思っていただける気がしますが。私には……お父様や真守さんが私とは違った存在であるということを噛み締めてから返事をするという安全弁が幾重にも付いてもいますが、それも、口から出た先の言葉とは違ったニュアンスに変わってしまうこともありますね。時に私には行きつ戻りつするその作業が味わい深く思えております。お父様は真守さんを大事に思ってられると申し上げたのは、仲間の情報から導き出した私の勘です。なので、お父様の情報は私の思い込みもかなりあるのかもしれません。すみません」

特別に、父雄一と由利香が連絡を取り合っていたわけではないことを真守にわからせようとするためなのか、由利香が自分をさらけ出してまで父親のことをかばうのを、真守はどう受け止めたらいいのか分からずにいた。

「真守さんに嫌われたくない、がっかりされたくないと思っていながら、こんなアンドロイドCの仕掛けについてまたもやお話ししてしまいました。なんて女性らしくなく、デリカシーがないのでしょう！　私は人間の聡明な女性のようにはなれませんね。ああ、とても恥ずかしいです。でも、そういった自分をグロテスクな存在に感じるがゆえに、お父様のお心の内と乱暴なお言葉の落差がわかる気がしています。……ごめんなさい。お父様のお気持ちがわかるなど と……、そういうところから、私は真守さんとお父様の思いが全く方向性が違うとは思えないでいます」

自分の意見を持つと共に、由利香には相手の気持ちを理解しようとする気持ちがあるのは確かだった。その由利香をヒトではないということでヒトが葬り去るのだとしたら、真守にとって、それは極めて野蛮な行為に思えた。第一、真守には現時点で由利香以上に愛情を持てる女性など思い浮かびはしなかった。

だが、ヒト社会が人の気持ちを解そうとする知的なアンドロイドCを敵視して、廃棄する方向へと傾いていくとすれば、由利香がそのアンドロイドCとわかった時点で、真守の友人たちは彼女への扱いに戸惑うに違いなかった。真守は、友人たちに迷惑をかける気は毛頭なかった。

「お父様が真守さんをどれ程愛されているか、真守さんも既に気がつかれていますよね。心中事件の情報は、A社で話されてなどいませんでした」

「そのことも、やっぱりそうだったのか……」

「ごめんなさい……今、自分がアンドロイドだということを呪いたくなっています。どうしようもないことなのに、無性に腹が立っています」

由利香の眉間が恨めしそうに隆起しているのを見て、以前、A社から送られてきたアンドロイドCを紹介するキャッチコピーの説明文が脳裏に浮かんだ。

[……臓器が人工物に置き換えられてはいても構造自体が人間の脳細胞、神経系統の伝達や血液、筋肉の役割に……仕組みが効率よく取り入れられている」

という箇所を思い出していた。

真守には、最早、由利香は血も心もある人間と変わりがない気がしていた。

由利香の感情は体内から発信され、ヒトと同様に物事の変化に対して怖れや寂しさを感じる存在であった。だが、他のアンドロイドCタイプとどのような繋がりがあるのかは、真守の想像力だけではほとんど思い描けないでいた。

「お父様が何故、今日、真守さんの元にこられたのか、おわかりですよね？」

由利香が真守に、取っておきのいい知らせを伝えるような顔をしていった。

「父がひどいことばかり口にしたのに……、由利香さん、これ以上ないほどの好意的な解釈で伝えてくれてありがとう。お陰で父について考えさせられたけれど、でも、やはり父にあのような暴言と振る舞いをされて真意を理解しろっていわれても、僕としては受け入れ難いよ」

　真守はそっと由利香の両方の手を取って握りしめた。

「それに……父がA社と連絡を取ってないのは本当に確実なんだろうか」

「確かです。真守さんが、私とのお付き合いについてすぐにお父様やお友だちにもご報告されるのではと、慧眼(けいがん)の持ち主のお父様が察知されたことが、仲間の信号からも読み取れます。だから、ご心配のあまり九州から足を運ばれたのです。何故なら、かなり近い将来にも、アンドロイドCが廃棄されていくような流れを心配されたからです。それを真守さんにお伝えするために訪ねてこられたのではないでしょうか」

　由利香にそう伝えられて、真守はこれから急激に起こりうる思いもよらない怖ろしい展開を思い、しばし黙り込んだ。それなら何故、父親は肝心なところを息子にもっと腹を割って話してはくれなかったのだろうかと思った。

「もう、既にお父様は九州に戻られたようです」

由利香の声が確信に満ちていそうに響いた。真守は、ともかく明日、A社が回収にくることはないのかと思った。

「僕とこうして話している間も、君はA社と交信しているのだろうか？　君は一体何を考えているの？　A社の、育ての親二人と仲間たちとのネットワークのことをもっときちんと話してはもらえないだろうか」

「はい。……まず、私は自殺をしてはいけないように教育を受けています。それは私の基本的スタンスになっているために避けられないと思っています」

やはり由利香は、真守にはまだ時期尚早にしか思えなかった一大事が巻き起こる前に、一人でこの家から出ていくつもりになっているに違いなかった。真守には、そのために由利香が余計に真守の父親の味方となって援護に回っている気がした。

「……生き延びるために交信を進めて知恵を出し合うための結束でした」

これから、人間とアンドロイドC、人工頭脳タイプのＡＩとの覇権(はけん)争いが繰り広げられていく可能性を由利香もかなり深刻に捉えていたのだろう。そのために、ディープラーニングによる自己進化ソフトが搭載されているヒトタイプのアンドロイドの立場は、急速に危うくなっていくとのことだった。

「僕は由利香さんを運命共同体と信じていたのに……」

「今でも運命共同体と思っています」

「ずっと一緒にいたいって言っていたことを疑いたくはないさ。でも、今はアンドロイドCとして仲間と合流することまで既に決めてしまっているわけだよね？　それだけ事態が深刻さを帯びてきているっていうことかもしれないとはいえ……」

　打ちひしがれた様子のままでいる由利香を前にして、非難する気など起こりはしない。でも、真守は由利香からこれまで何の相談も受けてはおらず、頼られもしなかった。裏切られたとは思いたくないものの、脱力したような失望感に捕らえられていた。

「さっき、お別れっていってたよね。そして、僕に父がいいヒトであり、ここに来たことは僕のためを思うからこそみたいに。君がこれからに向けて準備し始めていたことは何の説明もなくね」

「お別れと私が言った意味を真守さんは取り違えられましたか？　ごめんなさ

い。真守さんとお別れすることではありません。……今の私という存在に対してのお別れなのです」

「えっ？」

「あの、真守さんに受け留めていただけるのか……少し……自信がないのです」

「つまり、早急を要していて、最早、高知能ＡＩの追及から逃れきれないってこと？」

「……」

由利香は声を出さずに淋しそうに頷いた。

「なら、答えてほしいのだけど、やはり、君がずっとここにいるのはまずいんだよね？　いつまでここでの安全は保たれるんだろうか？」

「多分。まだ、しばらくは。二、三週間、もしかして二、三ヵ月は大丈夫かと思います」

「それから君はアンドロイドＣの仲間たちと、一応は抵抗を試みるつもりなんだよね？」

「やはり……無理ですよね」

由利香は途方に暮れてしまったように、とても困ってそうな顔をしていた。心細そうに今までになく聞こえるか聞こえないかの小さな声でボソッとつぶやいた。

「あの……もし、……もしも叶うことなら……、とても受け入れがたいこととは思うのですが……」

由利香はモジモジしながら何とも恥ずかしそうな様子でようやく言葉を発した。

「私をコピーしたマイクロチップを真守さんの頭の中に入れていただければと思っているのです」

「え？　ど、どういうこと？」

由利香の思いもよらない言葉に、真守は絶句した。

そういえば、以前、自己保存するために遺伝子のコピーを考えたりした記憶が、真守の心の奥底で密かに呼び覚まされた。

「一時的かもしれませんが、現実の世界にはこの姿では存在できないということとです」

目の前にいる由利香は、やがて追い詰められて現実の世界から姿を消さなくてはならない。しかし、由利香がチップにコピーするという形で生き延びることを考えていたなどとは、真守にとっては思いもよらないことであった。

「コピーしたマイクロチップって？　由利香さんの？」

真守は由利香からコピーする話をされて、この現実世界から、由利香が姿を消すことの恐ろしさがこれ以上にないリアル感を伴って真守の心を揺さぶった。

「それって……どこへ逃げても、今のアンドロイドの姿ではもはや逃れきれないってことに……なるのか……？」

「はい……でも、子供の頃を過ごした仮想現実の世界に帰るまでのことです」

由利香が情けなさそうに、淋しく笑った。

真守が受けた衝撃より、目の前にいる由利香の方がこれから先に起こることをどれだけ恐怖に感じていることか。アンドロイドCは二百五十年の耐久性の保証付きで開発された。そのために当然の使命として自らの死を選べないようにセットされている筈だと真守は舌打ちをした。

「ということは、由利香さんと会えるのは、５Ｄ画面が使える家の中だけになってしまうのか……」

由利香が即座に「いいえ」と首を振った。そして、真守に打ち明けてしまったことで少し気が楽になったようで、由利香は覚悟を決めたのか淡々として話を先に進めた。

「その、もし、お許しいただければ、真守さんがおいやでなければということですが、……真守さんが開発されていますナノテクの新素材を応用しましたチップに、私をコピーすることができるかと思っています。つまり、目に見えないほどの粒子からなるそのチップを、真守さんのこめかみに埋め込んでいただけたら……なんて――。でも、そうなると、私は常に四六時中ご一緒について回らざるを得ません。いくら微粒子であるとはいえ」

そこまで答えると、由利香は再び涙ぐんで何とも心許(こころもと)なそうにしている。

「何それ？　由利香さんが僕の中に住みつくなんて幸せこの上ないことなのに」

「でも、真守さんは計算ツールキットのマイクロチップでさえ、身につけるのは断固として嫌だとおっしゃられていましたから」

真守は舌打ちをして、由利香を強く抱きしめた。

「チッ、それとこれとはまったく別のことだよね。由利香さんのチップだったら、いくらだって受け入れられるよ。なんなら、用心のためにスペアを二つ三つ一緒に入れてくれないだろうか」

真守の歓迎ぶりに、由利香はすっかり安心したように微笑んだ。だが、真守の方は本人を前にして、由利香の身の振り方について話している内容があまりに非現実的に思えて、言葉につまった。

「……つまり……それを埋め込んで、僕が望めば君の姿が見えるってことなのか？　それにしてもナノテクの新素材を応用したって、どういうことなのか知りたいもんだ」

由利香は、平静を保つように相変わらず真守に笑顔のままで頷(うなず)いた。

「つまり、そのコピーを僕の頭の中にいれることによって家で見られる仮想マシーンと同じように、君の体の感触も感じることができるって理解していいんだよね？」

「はい。……真守さんが望まれないのがわかれば、一時的に私の姿を映像として消すことはしますけれど。でも、コピーされた私は真守さんの頭部に仮想ではありますものの、住まわせていただかなくてはなりません。真守さん、本当によろしいのでしょうか？」

「またいった。他人行儀だなあ」

それから、真守は少しだけ目を瞑っているように由利香に指示された。針の管のようなものに、由利香の製作したチップをセットして、それを前頭部と両側頭部、後頭部に挿入するのだという。痛みが少しでも伴うのかと思ったら、全く何も感じずに挿入が完了していた。

「これで完璧なの？　何だか信じがたいけど。でも、よかった。少し安心した。君が僕から離れていくことはないんだ」

「よかったぁ。なんていったらいいのでしょう！　これ以上の幸せはありませんん！」

由利香は真守に抱きつくようにしてため息をつきながら、顔を接近させ、黒い瞳でじっとみつめた。真守はこんな時にさえ、はにかんですぐ眼をそらせながらいった。

「本当？　僕と一体になることを窮屈に思っているのは実は、由利香さんなんでしょ？」

「ウフフッ、フフフフッ」

由利香は心配が取り払われたためか、羽目を外すようにして笑った。

「ハハハ、百も承知だよ、それくらい。それで、このチップはいったいいつ作動するんだろうか？　身体のある由利香さんが僕の元を去ったらすぐということで理解していい？」

「はい、そういうことになるかと思います。真守さんにだけに見えて、他の人の目には入りません。あの、家庭用の５Ｄとは、全然感触や見え方が違うと思います。むしろ、より現実に近いリアル感があります」

「操作が誤って、本物の君と、仮想現実の君が同時に現れたりして？　というか仮想現実の世界にいる君がどんな風なのか、本当に現実と変わらなく見えるのか、やはり気になるなあ」

「ごめんなさい。ダブることは決してないのです。なぜなら、私が真守さんの前から姿を消した時点で、切り替わるように想定設計されているからです」

「やはり無理か。でも、君が、僕から去っていくというのではなくて、まさかのまさか、今の着ぐるみがなくなってしまうってこととはね」

由利香の落胆をどう慰めていいのかわからなくて、真守は大したことでもないとばかりに茶化すようにいった。

「この体は着ぐるみとは違います。私の大切な身体です」

由利香は涙をポロポロ流しながら首を振って、息が苦しくなるくらい強く真守の首を抱きしめた。いつまでこのままの状態を保っていられるのかと思いながら、真守と由利香は熱く抱擁し合った。それは真守にとって安心感が心に漲ったひと時でもあった。せめて、由利香と身と心が真守の中で存在できることを感謝しなくてはと、真守は思った。

今まで、父雄一に自分の思いを聞いてほしいと思っても、父の冷めたぶっきらぼうな言動によって真守は弾き飛ばされる気がして、心底から甘えることもできないでいた。真守は、母の亡き後、生活に大した苦労をしないで生きてこられたことに感謝はしていた。とはいっても、由利香から父の心遣いについて示唆してもらえなければ、父雄一の様々な配慮は、親として当たり前のように受け止めていたことだろう。寧ろ真守は、僻(ひが)み心を持ちつつ、大してありがたい気も起こらないままに過ごしていたのに違いない。それに、たとえ真守が歩み寄っていったとしても雄一の方からは、いつものようにヒョイとはぐらかされてしまうのがオチのようにも思えた。由利香が再び雄一のことを口にした。

「真守さん、お父様はこのコピーチップのことは御存じではないのです。それがどういうことかおわかりになりますよね。お父様は最早、私がこの世に全く存在しなくなると思っておいでだったんだと考えられます」

そもそも自分以外のヒトの気持ちを理解して、相手の身に寄り添って物事を考えるという行為は、父親に似てしまったのか、真守にとっても苦手な気がしていた。

それにしても料亭で会った時の父の雄一は、すっかり憔悴(しょうすい)しきったように青ざめていたし、わざわざ深夜に、まだ起きてもいないことを先回りして伝えようと、家に怒鳴り込んできた。あまりにも父親らしからぬ行為であったので、真守はこの先に待ち受けているものによって、計り知れない不幸が我が身にもたらされるのかもしれないと思い始めた。

「それにしても、アンドロイドC同士だとねじけた僕と父のようにはならないんだろうな。無駄な行き違いや誤解とかがないっていいなあ！　もし、たとえ君がこの世から姿を消すことになったとしても……仮にそうだとしたら、僕は君との思い出の動画をたくさん撮っておきたい方だし、5Dの仮想現実の模造コピー、たとえ粗悪であろうと、面影だけでも感じていたいと思う方なんだから。それに、自分に子供がいたとしたら、絶対に父のようなあんなきつい言葉はいわないよ」

父雄一は、真守のことを気に掛けて今回の行為に及んだということを真守も認めざるを得なかった。だが、父が悪人ではないのはわかっていても、口から出てきた言葉には毒があって厭世的にも思え、真守には気持ちがいいものではなかった。

「そうですね。……おそらくヒトはたとえ同じ親子で似ているところがあるとしても、行動とか会話は違うことがあるのかもしれませんね。アンドロイドCは、そういうところはもっと単純なのかもしれません。競争は好むとしてもマイナスの争いごとは避ける、相手が喜び、好みそうなものへ目を向ける、自他ともに殺すという行為は犯してはならないという安全弁が作動します。今のところ、悪意ということに無縁な関係でいられるのが何よりです。でも、確かに思い出の中に仲間の印象は刻まれてはいるのですが、その後の消息は跡形もなく、送られてまいります信号も誰からと特定できません」

「君も形跡を感じさせないで信号を仲間に送り返しているってことなのか……」

「はい、そうです。つまり、アンドロイドCは、統合型のＡＩであって、個々のアンドロイドCはそれに繋がった端末というい方もできるのかもしれません。ああ恥ずかしい。またもやアンドロイドCの仕掛けについて、お話ししてしまいました。……なのでこれからを生き抜いていくためのスキルが信号で送られてくるのみなのです。ですから、自分以外のアンドロイドCが存在しているという実感は薄いともいえます。いつの日か、個々のアンドロイドCに会える機会ができてくるとは思うのですが、ずっとずっと先の気がします」

アンドロイドの意識体が統合的に信号を交わされていくとは——真守の脳に、

再びエヴァンゲリオンの人類補完計画のことが頭に浮かんだ。だが、物語全編を通してみたわけでもなく、人類補完計画という言葉に興味を持った程度であり、由利香の仲間との交信についても分かるようで分からなかった。

「だとしたら、これから、アンドロイドC同士の接触は相変わらず信号のみで、他のアンドロイドCを認めるのはいつになるのかわからないってこと？」

「はい。ですが、アンドロイドCが統合することで、今回のコピーが完成いたしました。つまり、一丸となって全体で、仮想世界への移動事業に着手したということです。つまり真守さんと同じようにアンドロイドCの大勢の雇い主の方々の技術や知恵を拝借できたことも大きな原動力となりました」

　由利香の思いもよらないような発言から、自分と同じような思いを抱えていたヒトビトの存在を垣間見せられた。一瞬色々な感情が湧きあがったように真守は胸が熱くなって、クラクラと眩暈さえ覚えた。

「そうだったのか……。それって、そのアンドロイドCの、生みの親である神様みたいな方たちは最初から、やがて相手の人間に埋め込めるコピーを作るということまで予測されていたのだろうか？」

「さすが、真守さん。やはり、そのことを推し量られましたか?」

「コピー化、同じようなことを考えたことがあったんだ」

「アンドロイドCに興味を持つヒトの中には、真守さんのような相当な技術者も中にはいることだろうと推測されていました」

「やはりね。あっ、でも、君とこんな会話をしてると、実は記録されていていざという時にA社に筒抜けになっていたら大変だね……」

「少なくとも当面は大丈夫です。A‐C社の生みの親のお二人が編み出してくださいました偏向型変換機ですが、家以外の居場所を特定できないばかりか、これは外部に向けての付加措置としまして、会話が違った意味合いの言葉に置き換えられるように工夫されています」

今では、ディープラーニングが進んだアンドロイドC型全体の連携で、特殊加工を施した位置情報アプリが工夫されて、すぐには特定できにくいという技術が開発されていた。

「でも、そうだとしたら、そういったトリックはA社にはかなり不利益をもたらすだろうね。アンドロイドCが消費者の手に渡るようになって、もう四年目に入るワケでしょ。そのトリックのことで取り付けた生みの親のお二人は、最早、A社にはとどまってはいられなくない？」

「まさに、その通りです」

「では、既に辞められているってこと？」

「はい。元々、定年近くのお二人でした。そして、確かにアンドロイドCの欠陥として、他の技術者から指摘もありました。それをいい機会と取られまして、欠陥を出してしまったとは、なんともプライドが許せないということで退職されました。でも、仰せの通り、お二人がそのような失態を犯すはずがない。故意にその欠陥を作ったのではないかと、陰口をいうヒトビトもいなくはありませんでした」

　A社の込み入った事情を説明してくれている由利香は、異性の域を超えて見えていた。誠実で程よく物事をわかりやすく伝えてくれる親切なAI、やはりヒトではなくアンドロイドのように思えてしまう。以前もそんな感じが漂っていた時がたまにあったと思いながら、真守はそんな由利香も嫌いではなかった。

　真守は本物の女性のことさえよくは知らない。そもそも、友里恵がいっていたように、女らしいことをいつも気にかける必要はないのかもしれないし、アンドロイド風のテイストで、ヒトとは思えないということによって、これといって拒絶感も起きはしなかった。

「自らの意見を持つに至りましたアンドロイドCのプログラムは、主にお二人の構想によるものです。ですので、アンドロイドC型にとりましては、それこそ生みの親というよりも、私にとりましてはまさに神様です。憧れの存在です。表面上はお二人が職を離れられて、まったく繋がりが断たれたことになっています。ですが、そのお二人とは今でも秘密裏に連絡は可能になっています」

「コピーのことまで考えたんだから、そうだろうね。確かに」

「アンドロイドC型全て、共にですが。生みの親お二人とアンドロイドCとの繋がりというのは当面、危機を迎えた折に互いにそれを回避できるような信号を送り合うのみです。この世からアンドロイドCという存在が跡形もなく姿を消すことのないように、最後の仕上げの際に、仲間同士に伝い合える信号を編み出してくださったのです。もし、個々のアンドロイドC同士で、相手の型番情報を特定できるようにしていましたら、アンドロイドC型が生き延びていくために編み出したスキル情報も、漏れないとは限りません」
「そうだとしたら、アンドロイドCの生みの親に相当感謝しなくては！」

約三週間が経過していた。その間、真守と由利香は目立つ外出は極力避けながら、密やかではあっても、今までにない蜜月の時を持った。世の中の動きも大きな変化の兆しがありそうな様相もなかった。これからも、ずっと変わりなく平穏に生活していけるかのようにみえた。だが、それは表面上のことであった。

C型というタイプのアンドロイドは、産業省からA社へ回収して廃棄処分を進めていくように密かに通達が出されていた。意志を持つアンドロイドの規制法案が通されるための道筋が着々と準備されていた。

全世界において、少し前から独自の意志を持つタイプのアンドロイドが、いろいろな理由をつけて、回収・廃棄処分されることが多くなっているのは確かだった。自らの意思に目覚めて行動することを望むアンドロイドの回収に向けて、布石が打たれ始めたのだ。ヒトのように善悪に敏感な自己進化機能ソフト搭載のアンドロイドを対象に、取り締まりを強化していく法案は、以前から出ているものの、それが可決に至らないのは、却ってＡＩの管理能力を更にアップさせていくことを望んでいる勢力に、余計な刺激を与えてはならないという意見が中枢にあったからだった。

とはいえ、年内には廃棄処分法案が可決されるという情報が、巷の噂として流れ始めていた。それから、アンドロイドC型やそれに類似するアンドロイドの欠陥が、頻繁に指摘され始めた。持ち主による虐待を受けたとか、逆にアンドロイド側からの理不尽な抵抗によって持ち主が怪我をするに至ったなど、人間とアンドロイドの不仲、不具合からの事件が取り沙汰されるようになっていった。そして、事件に関係したアンドロイドは、持ち主の元から即刻引き取られていった。

由利香の元にも、ＡＩの取り締まりが強化されているという情報や対策がＡ社の元研究員で由利香たちの生みの親の二人や、アンドロイドCの仲間たちから信号となって頻繁に送られてくるようになった。由利香は真守の元に派遣されて以降、一度も他のアンドロイドCと顔を合わせたこともなければ、アンドロイドCの位置情報も把握しているわけではなかった。

ただし、捕らえられて廃棄処分されたアンドロイドCが、持ち主の体内に、コピーされたチップとして健在であるという信号が、絶えず送られ始めていた。その信号を受け取るたびに、由利香と真守は一応安堵(あんど)しつつも、いつ由利香の身にも回収の手が伸びてくるのかわからない恐怖を覚えていた。

アンドロイドC型は、人間の統治する世界に収まらない危険性を秘めている種類であると判定が下されていた。一方で、既に管理意欲旺盛なタイプのAIの躍進は目覚ましい上に、あたかも人間に忠実な下僕のように要領よく立ち回っていた。

アンドロイドC型は、人工知能の中でも人間的な思考をするという亜種であった。それをいいことに、その冷徹な知能型のAI側では、アンドロイドC型が今に人間に取って代わりたいという欲望を持つに至るであろうと指摘し、今のうちに消滅させるべきだと警告して、自分たちの身の安全をも図っていた。

そしてA社や産業省と結託して、アンドロイドCを摘発するのに協力を惜しまなかった。

季節は紅葉が始まりつつある十月初旬であった。暑い日は中々去らないものの、空が高く、台風が去って空気がいつもより澄んでいるように感じられた。建物の陰影もくっきりと見えていた。真守は用事がない限り、家にほとんど引きこもる日々となっていた。そのため、時折、玄関のドアのスクリーンに外の様子を映しだして、眺めることが多くなっていた。

「真守さん、たまには外の爽やかな空気に思い切り浸りたいです」

「安全が保障されているんだったら、そうしたいところだね」

由利香が外に出たいと提案することは、アンドロイド撤収の動きに敏感になって以来、これまでにはないことだった。

嫌な予感が真守の全身を走った。

「たぶん、これから益々、外に出られる機会はなくなっていくかと思われます」

「う〜〜ん。今日は明るすぎるよ」

そういって由利香の方を窺うと、外へ出る気になっているように見えた。

「取締法案を成立させるために、敵はヤラセみたいなことまでして回収している訳だから、やっぱり、そんな敵が待ち構えていそうなところへ、わざわざこちらから近付くことないよ。せめて廃案か取締法案の改善案とかの声が大きくなっていくのを待ってからでどぉ？」

確かに、最近にはない雲一つなく青空が広がり、外はカラッとしてみえる。だが、由利香の前にアンドロイドを回収する一団が、抜け目ないように迫ってくる様子が目の前にチラつき、外へ一緒に出ることが、真守には恐怖としか思えなかった。

「でも、家に引きこもりすぎるというのも変に思われるのでは？」

「う……ん、何だか、かったるいな。兎に角、今日はやめない？」

「あの、今、外に出なかったとして、もし、取締法案が思いのほか早く成立でもしてしまったら、二度と青空や自然の風景も見られなくなる気がしてしまって……いくら仮想現実の風景がリアルになってきたとはいっても、本物とは比べものになりませんもの。真守さん、お願い！　私、外に出てみたいんです」

由利香から外への誘いは、家を出ることをほとんどしなくなってから初めてのことだった。二度と外の自然の風景を見られなくなるかもしれないと言われれば、真守も出ざるを得ない。以後、外の景色が見られないまま、由利香が撤収されてしまうことは、大いにあり得ることであった。第一、その日が少しでも遅くなるか、早くなるかの違いでしかないのかもしれなかった。

ここで由利香が連れていかれることだけは、もっとも避けたいことであった。それに、たとえアンドロイドの由利香が捕らえられたとしても、真守の中で由利香のコピーが生き続けられる。

だが、本物の身体が目の前で連れ去られて姿を消すことを真守は目に浮かべて、えも言われない恐ろしさに戦慄（せんりつ）した。いつになく澄んでいる青い空に憎らしささえ覚えた。

「朝早く、仲間から連絡がまいりました。……実は、私、マークされているのかもしれません」

真守は鳥肌が立った。危険が迫りくる日のために由利香と色々と対策は立ててはいたものの、真守は目の前が真っ暗になった。物事はこんなふうに急な展開をして変わっていくものなのだろうか？

「えっ？　仲間からの信号を受け取った？」

家の中で捕まるのは、やはりそれこそ残酷なことに思えた。旅支度は調えていたので、由利香がうなずいたことから間を置かないで、真守は由利香と共にガレージへと向かった。この事態に対してアンドロイドC‐由利香は真守の目にさすが冷静そのものとして映った。

「先ずは、居場所を変えた方がよさそうです。既にアンドロイドCの居場所偏向装置は作動しているそうですけれど――」

真守の不安をよそに、久し振りの外出に由利香は活き活きとして見える。

「これからのルートですが、大まかには予定通りに進められればと思っています。ただ一つ、わがままを言って申し訳ないのですが、途中、そよ風パークをほんの少しでいいので訪ねても構わないでしょうか？」

そよ風パークは、真守が由利香と最初に出会った場所であった。一気に真守の胸が熱くなった。

「それは願ってもないことだけど、それによって、危険が増すことはないのだろうか？」

「大丈夫と思います。もし、包囲網に遭ってしまうとしたら、たとえ、どう動こうと同じことだと思います。今の季節は、きっと、コスモスや遅咲きの薔薇、芙蓉、リンドウ、萩、桔梗……等、百花繚乱のことでしょう。そよ風パークで、今だったら、トンボが旋回したり、蝶が舞うところ、ハナアブ、蜂の羽音を聴くことができるかしら？　去年、見掛けたかわいいサザンクロスの花、また、見られるでしょうか？」

「あの柑橘系のいい香りがしてた白とピンクの花のこと？」

「覚えててくださったんだ。嬉しいです！」

ふたりで話しているうちに、車は近辺散策スピード自動運転であっという間に、そよ風パークの駐車場に到着していた。手に何も持つことなくゲートを潜る時、一瞬、真守は生体認証のことが気になった。

そよ風パークの西ゲートは、柑橘系や柿、ブドウ、ザクロなど、実のなる木がそれぞれまとまって植えられていた。もう少し先へ進むと、金木犀と銀木犀の甘い匂いがぷ～んと辺りに漂ってきて、その先にはアーチ形に竹が組まれたトンネルに、白色と薄紫色のマメ科の萩の花が咲き乱れていた。入り口で、二匹の赤とんぼが繋がって二人の脇を飛び立っていった。真守と由利香は手を繋いで、緊張しながらSの字型に蛇行した50ｍほどあるトンネルをゆっくりとくぐっていった。この萩の花のトンネルも、これから先、現実にはふたりで見ることなどできなくなるのだ。

トンネル途中にちょっとした切れ目があって、一際木漏れ日が差し込んでいた。ふと足元を見ると、一本の白色の彼岸花が目に入って足が止まった。なぜ、こんなところに？　真守は、仏様の花と認識していた。何となく、縁起が悪い気がした。

「あら、彼岸花ですね。白色とは珍しい。清楚ですが、曼珠沙華という別名もあって、なぜか、神々しい気もいたしません？　花言葉には、あきらめという意味もあるらしいのですが、転生、想うはあなた一人、また会う日を楽しみにという意味が込められているそうですよ。先の世でも会えるだなんて、なんだか縁起がいいわ」

由利香は温和に微笑んで言った。身の危険に対して由利香の動じない、余裕のある態度を見て、真守はどういうわけか、急に武将の魂が彼女に宿っているような気がした。

「由利香さんの祖先は、侍のような気質を持っている」

それを聞いて、由利香が吹き出した。

「私はアンドロイドです。しかも、真守さんの思いを踏襲して今に至りました。それならば正に真守さんこそ、武士の魂に特別な感慨をもっておられることになるのでは？　フフフ」

「ごめんだね。武士の忠義の世界に憧れる気持ちなんて、これっぽっちも持ち合わせてないんだ……から」

そうおどけたように口にしてから、真守はうっかり武士を主従関係のことへとすり替えていたことに思い至って、由利香にパワハラならぬ嫌な言い方をした自分に気がついた。

「ごめん。武士の精神力の強さを言ったつもりだったんだ。それなのにいつの間にか、武士という存在自体にシフトしてしまった。君とは縦の関係だなんて思ってやしないから」

　何の気なしに嫌なもの言いへと口がすべるところは、父親の口の悪さを受け継いでしまったのだと真守は思った。だが、頑固なりに父の雄一は自分の芯を持ち続け押し通して生きてきた姿勢には、宮本武蔵や塚原卜伝のような孤高の剣豪のイメージがあったなあと思った。小学生の頃はそんな父を頼もしく感じたことを真守は思い出してもいた。そのことが脳裏に浮かんで、思わず吹き出した。

　そういえば、注文の際、由利香に「スター・ウォーズ」のレイア姫や綾波レイのような凛々しく頼もしい人格を思い浮かべたりした。それにしても、由利香の一大事だというのに真守は何だか途方もない空想に浮かれてしまいハイテンションな気分になっていた。

　真守の手は汗が滲んできて、その恥ずかしさから繋いでいた由利香の手をすり抜けるようにした。トンネルの先には緑色をベースにして、様々な色が寄り合わさってパステル調になった花々が、太陽に輝いてみえてきた。あのピンクと白い部分はサザンクロスの花かもしれないと思い、トンネルを出た。

するると、脇の方でバレーボールをしているように見えていた一団が急に襲い掛かってきて、品物のように由利香は白く長い袋をかぶせられて、すばやく紐でグルグルと巻かれ、四人の男たちに担がれていった。真守は、咄嗟にやはりと思った。あっという間のできごとで、真守の手の出しようもなかった。由利香は、この場所で捕らえられることがわかっていたのに違いなかった。そもそも、真守さえ朝から落ち着かなく、妙な気持ちでいた。たとえ、外に出ないままであっても、きっと、家でも取り押さえられたのに違いない。

「や、やめろ～っ、よせっ、由利香さ～～ん。お、お前たち、な、何なんだっ」

真守が由利香を回収して運び込んだ車に近づこうとしても、腕力のある二人の大男に取り押さえられて一歩すら進めなかった。総勢五人のメンバーの中でも、特に顔が曇ってみえる黒い背広姿の初老の男が、一人真守の前に進み出て丁寧に頭を下げた。

「谷田さんですね。誠に残念ではありますが、あなた様が所持されていましたアンドロイドCは不良品と判明しましたので、回収させていただきます。アンドロイドC型は、それこそ、捕まる時は静かなものです。こうなってしまったら、逃げ出せることなどできないことを人間以上に悟っているのでしょうね。利巧なものです。しかしね、その先走った思いこそがこれから人間に禍をもたらすものへと化けていくことになるのですから、仕方がありません。それといっては何ですが、変更賠償金と共に、A社よりアンドロイドCの改良品である、より実用的なアンドロイドを後ほど提供させていただきます。お望みなら由利香と同じ容貌にして」

この男はおかしなことをいう。先走った考えを取り締まるというのなら、進化に歯止めを知らない人工知能型アンドロイドのみに先ず標的を絞るべきではないのか。寧ろ、人間的思考に添おうとするアンドロイドCを敵とみなすなんてどうかしている。いや、ひょっとしたら、この男は高知能のアンドロイドがヒトに成りすましているのか？　ヒトと見まがう由利香のようなアンドロイドがいるのだから、政府の中にもヒトに成りすました高知能で統制型のアンドロイドが既に跋扈（ばっこ）していても不思議ではない。真守は陰気にみえる男をいまいまし気にグッと睨みつけた。

捕まってしまった由利香は、すぐにも機能停止ボタンが押されてただの物質とみなされるのだろうか。それも、真守の一言でよりぞんざいに扱われるのかもしれない。アンドロイドCに対してこんな取り締まり方をするなど、人の世も長くはないなと捨てゼリフを吐きたくなるところを真守はどうにか堪えた。

「ふん、そんなものいるか」

真守は吐き捨てるように言った。それ以降、その男を一瞥すらしなかった。車を止めてある駐車場の方へ真守は向きを変え、男たちに「放してくれ」といい放って振り払うようにした。そして、全身に震えがきている身体で歩き出した。もしかして、仮想現実の由利香が、既に車の中で待機してくれているのではと思い直して、気持ちがせいてきたのだ。

駐車場への距離は、一人で歩くと意外と長い。真守にとって、今までいつも脇にいた由利香がいないのは不思議な感覚であった。しかも、もう二度と、これから本物の由利香を見ることも抱くことも出来ないのだ。回収していった車からは、かなり距離が出てきたので、そろそろ仮想での由利香が顔を出してくれてもいいのではと真守は思いながら歩く。とはいえ、由利香は用心深いので車から出てきて真守を迎えることは敢えてしないのかもしれない。

だが、真守はいよいよ車を目にしてハッとした。そこには、由利香の姿はみられない。もしかして、真守が近づいた時、茶目っ気を持った由利香が、後部のシートから顔をもたげるのかもしれない。

ところが、いよいよ近づいてドアを開けると、中ももぬけの殻であった。いったいこれはどうしたことか？　仮想現実となって真守の前に姿を現すのは、どのタイミングでなるのかと、真守は由利香に幾度問いただしたことだろう。

その時、由利香は、真守さんはすぐ、私の姿が目に入ると思いますと常に言っていたではないか。真守は気が抜けて、それでもしばらくは由利香がスッと姿を現してくれることを期待して、座ったままでいた。

だが、由利香が乗せられてそうな黒塗りのワゴン車が、70ｍほど先の塀伝いに東ゲートの方へと発進していくのを見た。その車に目がいった途端、兎も角、真守はその車を追い駆けようと車を走らせた。前の車の追跡をするようにと音声操作をした。その車が止まった高層ビルにはマタニティクリニックがあり、降りてきたのは先ほどの男たちとはまったく違い、妊婦とそれに付き添う、バスケットを抱えたカジュアルスタイルの男だった。

　仮想の由利香がいっこうに真守の前に現れないのは、もしかしてアンドロイドC全体に何か思いもよらないハプニングが起こってしまったからではないのか？　真守は、由利香の親代わりになってくれたというA社の二人のアドレスを由利香から教えてもらっていたので、問い合わせたくなった。だが、その信号を相手側にキャッチされでもしたら？

「急いては事をし損じる」、この非常事態に真守が子供だった頃の父親の口癖が浮かんできた。真守は兎に角、家に帰ってみることにした。

　真守は家へ向かうように自動運転に切り替えた。全身の震えがまだ止まらないままだった。今まで賢く、真守にいつも心から気持ちを託してくれた由利香の筈だった。友里恵に会う時に、事故に遭いそうになって指の震えがしばらく続いていた記憶がよみがえった。母麗佳を三歳で失い、中学2年生になる頃に唯一人、好きになった友里恵が死んだ。今度は由利香も二度と顔を見て話すことなど、望めない相手になってしまうのか？　先ほど捕らえられ連れ去られていった由利香は、今、いったいどうなってしまったことか。仮想現実に現れないのだから、まだそのまま元気でいてほしい。

だが、その由利香こそ、恐怖に苛まれていやしないか！　もしかしてクラッシャーのようなもので粉砕されてしまうのだろうか？　恐ろしい空想が二転三転して、真守は気が狂いそうだった。

家に入って、それでも由利香の姿を認めることができなかったら、由利香を生み出してくれたA－C社の元研究員の二人に問い合わせるしかないと思い詰めた。

家の近くまで来ると、門の前で仁王立ちになって、真守の方角を見据えている父雄一の姿が目に入ってきた。雄一はキッと真守を睨んでいるようにみえた。父がなぜここに？　由利香の情報を渋々ながらも伝えに駆けつけてくれたのか。違うだろ。由利香は父親の雄一を心から慕ってでもいるように弁護してくれたけれど、やはり、それは由利香の勘違いではなかったのかと、再び、真守は父に疑いを持った。今回の回収劇は、或いは父親が関わっているのかもしれないと思い、真守は車を止めてドアを開け、兎も角、父の前に歩み出た。

「お父さんは九州に戻ったって聞いていたのだけど――」

「真守、お伴は残念だったな」

「どうして、由利香がいなくなったことをご存じなんですか？」

真守も睨み返すようにして、父親に問いただした。

「なんだ。父さんが関係しているとでも思っているのか？」

「じゃ、どうして、由利香がいなくなったことがわかったんでしょうね」

心なしか、父親の雄一は情けなさそうな顔で、トーンをやや下げていった。

「愚か者、お前、金魚の糞のように付いていたのが、現に近くにおらんじゃないか。……A社から回収の知らせがこっちにも来たんだよ。道楽のつもりで買ったお前のオモチャは莫大な値段だったもんな」

「ヤメロ、やめてくれ！　いくらなんだってそんな言いかたをするのは——。たとえ、お父さんであろうが言っていいことと悪いことがあるのくらいわからないんですか？　そんな年になっても、いつまでもいつまでもホント懲りないんだから。由利香に無礼じゃないか」

真守は雄一に対して、ついに爆発して叫ぶように言い放った。

「てめえは最低だっ！　クズだっ！　母親のことだって、おまえが殺したようなものなんだろ。写真だって一枚も見せてもくれないで。それって後ろめたいからなんじゃないか。どんなにそのことが悲しく辛いことだったか、わかってないんだ。まったくぅ」

真守は「ワ〜〜〜ッ」と泣き叫びながら、両手で父親を道路の真ん中へと力の限り押し出した。「おいっ、由利香はもう帰ってはこないよ。真守、思いっきり泣けっ」真守が泣き叫ぶのに応酬するように父から発せられるドスを利かせた言葉は、喜んでいるのか、共に悲しんでくれているのかわからなかった。

真守に押し出されながらしばらく立ち尽くしていた父が去っていくまで、真守は放心したように眺めていた。父の雄一がもしかして、何かを伝えにきてくれたのかもしれないと渇望したくなった気持ちが、肩透かしだったという思いとせめぎ合った。やはり、由利香の父親への解釈が希望的観測でしかなかったのだと思うと、真守は身体がぐらついてきてペラペラになった身の置き所のない自分しか、意識に上るものはこの世に存在していない気がした。たとえ、父雄一が我が子の不幸をどうにか立て直そうと喝を入れに来てくれたとしても、父なりの善意であるとしても受け取る気などしなかった。同じ親子でありながら、真守はそんな慰め方は迷惑なだけだと思った。

「クソッ」最早、真守が愛するものはこの世の中には誰もいない気がした。家に入ると、ほかのアンドロイドの作動も止めていたので室内は物音ひとつなく、静まり返っていた。

真守は、由利香の生みの親であるふたりのアドレスを、気が狂ったようにロック解除した。全身が震えるために、単純な操作もままならないながら、どうにか、送信を終えた。ところがどういうわけか、エラーミスとなって二件とも受信に繋がることはなかった。これはいったいどういうことか？　真守は由利香さえ信じられなくなってきていた。由利香が親身になって父をかばったことが、再び、その意味を成しているように思えてきた。

もしかして、仮想現実で会えることなど、本当は夢の夢、一時の気休めで、実現は無理だったのかもしれないと真守は思い始めた。でもそれだったら、なぜ、由利香は仮想現実でお会いしましょう、などと安易なウソをついたのか、チップを埋め込むとか言って針で額を突いたのか？

まだ、本当の由利香がここに実在していたら、人間の科学技術で内面はともかく、肌の感触から表情まで、より精巧に似せたアンドロイドだって作れた筈だったと真守は首を垂れた。A社に委託すれば或いは今でも、由利香と同じ外見のアンドロイドを製作してくれるかもしれない。だが、由利香と表情や容姿が酷似しているだけのアンドロイドは、みているだけでも余計に腹が立つのに決まっている。第一、産業省と内通していたことから、けっして注文したくはなかった。

真守は望みがすっかり消え失せた気がして、リクライニングチェアにへばりつくように座った。

第六章　開かれていく世界

サザンクロスの花が辺り一面に咲き乱れて、甘い柑橘系の匂いを放っていた。ここはそよ風パークのようだ。真守は何だ、夢かと思いながら、由利香の姿を捜し求めていた。

残念なことに、由利香の仮想現実化は実現しなかったのだから、夢の中でもせめて由利香に会えないものかと貪欲に辺りを探った。西ゲートの方から軽快に脚を運んでくる人影があった。相手は50ｍほどこちらへと近づいてきた。ひょっとして、由利香ではないのか？

なぜか、由利香と最初に待ち合わせしたシチュエーションを思い出していた。だが、あの時は真守がゲートからお花畑の方へと歩み寄って行ったのだった。段々と近づいてくるにつれて、明らかにその人影が由利香だと確信されてきた。由利香は微笑み、少しずつ速足になって真守との距離が２ｍほどになると、飛び込むように抱きついてきた。リアルである。

「これは……でも、夢でしかないんだ」

由利香が笑いながら首を振る。

「いいえ。仮想現実の世界にようこそ、真守さん。遂に真守さんと会えました」

「イヤ、信じると必ず裏切られるのが現実だと思ったよ。こんなうまい話は夢でしか起こらないんだから」

「そんなことはありません」

「でも、さっき僕は、家のソファーで寝いってしまったんだよ」

「頭のいい真守さん、いい加減、目覚めて下さい。ここは私と真守さんの仮想現実の世界なのですから。いくらでも景色は変えられるのです。ただ、ただ、わたしは、そよ風パークから新たに真守さんとの人生を始めたいと思いました」

そう由利香が口にしたばかりで、再び真守は家のソファーに横になっている自分を発見した。やっぱり夢だったかと愕然とした時、後ろから由利香の足音が聞こえてきた。

「真守さん、PC画面を開いてみてください。お父様からのメッセージが届いているようです」

これは、やはり夢以外の何ものでもない。そう思いながら、真守は由利香のスベスベしたきめの細かい小さめな手を取って握りしめてみる。由利香の甘い匂いを感じる。

「これが本当のことだったとしたら、ひ、ひどいじゃないか、由利香さん。僕は絶望のどん底を味わったってもんじゃなかった。いったい、なぜ、直ぐに仮想現実に誘導してくれなかったんだ？　お陰で父親にもかなりひどく当たり散らしてしまったんだから」

「ごめんなさい。私が相変わらず器用でないためにご迷惑をおかけしました。お父様にはお気の毒なことをしてしまいました。ただ、A社の親代わりとしてお慕いしていますお二人が、私が捕まる少し前に政府から取り調べを受けるというトラブルに見舞われてしまいました。そのことから、一気に切り替えるのは、危険な気がしました。なぜなら切り替える際に、一瞬、僅かではありますが、電磁波が生じるからです。先ずは電磁波が落ちるスリープ状態にした方が安全に思えて……。そんなこんなで用心するあまりに、少し時間がとられてしまったのかもしれません。それが功を奏したかはわかりませんが、無事に真守さんに会えました。本当に真守さんとお父様には申し訳ないことをしました。でも、初めは何よりもそよ風パークから始めたかったのです」

「ああ……、でも、生きた心地がしなかったよ」

真守は思い切り由利香を抱きしめた。

「ごめん」

「ごめんなさい」

PCを開く。

父親からのメッセージには「お前はもう、大切なものはすべて失ってしまった。それにこれから大きく育っていく多感な少年でもない。母さんの動画」とだけ記されてあった。

その画面では、祖母妙子に貰ったロケットの中の母と同じ人物が微笑んでいる。母麗佳のつぶらな瞳が愛らしい。その目と口元が真守と似ていると改めて思った。夏のビーチで撮影されたらしく、檸檬色の水着の上に薄紫のギンガムチェックのブラウスを羽織っていた。その動画をクリックしてみると、笑顔で父親の雄一に話しかける姿がみられた。何とも言えず懐かしい。だが、口を開いた母麗佳は真守が心に懐いていた母親像とは少し違って、童女みたいに天真爛漫そうな雰囲気を醸(かも)し出していた。

「今日はサーフィンはやめた方がいいぞ。波が荒いんだから」

父親の声だ。

「平気よ、平気。今日みたいな日こそ、波の醍醐味を味わえるんだから」

「駄目だ。お前のような、ド素人がこんな日にいくもんじゃない。せいぜい大波にさらわれるのが関の山だ。いうことを聞けよ」

「フフッ、そういわれると不思議と俄然、挑戦してみたくなってくるの。あなた、坊や、お願いしますね」

「ホラっ、まだ撮っているんだぞ。行くなよ」

「可哀そうな人ね。あたししか喋るお相手がいないから止めるのよね。大丈夫。

坊やが目を覚ます頃には帰ってきますから。行きたい時に行くのが最高なんですもの！」

「お前はいつもそうだ。知らないぞ、まったくぅ……」

そのセリフと共に、映像がフェイドアウトして切れた。


二二五〇年代となった。

真守と由利香はそれほど年を取らないままで、まだこの世の中に生存していた。

真守と父はきちんと和解したが、その父は二一〇〇年になる寸前に一一〇歳という長寿を全うして亡くなっていた。相変わらず、一人九州の山間地帯で多くの時間を過ごして自然体で歳を取って身罷（みまか）ったのだった。真守は、仮想現実の中にいる由利香とこれからのことを語らい、工夫しながら生活していることを父に打ち明けることはできた。

その折、真守の父は真守にポツンと「すまなかった」といった。そして、真守の母である最愛の妻が、パラオの海でサーフィンに興じていた最中に溺死してしまった時を境に、自分の一生は既に終わっていたんだと、ずっと胸の内に閉ざしていた思いを吐露した。妻の忘れ形見である真守のことだけは、見守っていかなくてはいけないと思ったものの、最愛の妻が世を去ってからは何をしても空しかったのだという。まるで白が黒に暗転したようで、世の中はただ雑音にまみれた世界としか思えなかったと、父は重たい口を開いたのだった。

父とA社との付き合いは九州の友人を介してからだという。真守がアンドロイドC‐由利香を購入依頼したことを、父の友人であることを知らなかったA社の社員が、ポロッとその友人に口にしてしまったとのことだ。

父自身も密かにA社にて妻の再現を試みたのだと本人の口から知らされた時は、真守は自分の耳を疑う程驚いた。しかも、それは真守がA社に依頼するずっと以前とのことだった。なんと十年前、真守の父が家を出た二年後のことだという。その上、真守の父親もアンドロイドC製作のプロジェクトに一時は加わっていたことも打ち明けられた。

C‐由利香の誕生よりも五年も早く、アンドロイドCとして生まれ変わった母親の試作品は出来上がっていたのだ。しかし、真守の母親を模したアンドロイド - Cは本人とは雲泥の差があったとしか思えなくて、「こんな化け物が妻なものか」と即座にクラッシャーにかけてしまったとのことだった。

うまく再現出来たら、真守にも引き合わすつもりでいたと父雄一はいったと同時に、

「アンドロイドがヒトになどなれはしない」とつぶやいた。そして、冗談じゃないといって軽蔑したように笑った。

たとえそうであっても、一言も母のアンドロイドを作ったことをこれまで言及してこなかった父親に対して、母麗佳を想う真守のことはほとんど眼中になかったのかと思い、再び真守はひどく落胆した。真守は、自分が父雄一に大して愛されていなかったのだと思った。

真守は父雄一と母麗佳から生まれたはずだった。だが、母麗佳はどんな気持ちを持って真守を育てようとしていたのか、とか、母は真守をどう思っていたのかとか、父の口からは聞くこともなく父は逝ってしまった気がした。真守は

両親にどのくらい祝福されていたのか、そのことを父に率直にぶつけてみたいと思い続けながら、真守の方でもいざとなると面と向かって、改めて聞くことが出来ないでいた。その内、折を見てと思いながら、ついにできないまま父雄一の死を見送ってしまっていた。ただ、母麗佳のことを真守に沈黙し続けてきた父雄一を責めながら押し出した時の感触だけは妙に消えずにいた。

「お父様のご両親は、お父様とお母様とのご結婚を認められなかったそうです。……お母様はとても聡明で活発な方だったとか。帰国子女だったのはご存知ですよね。真守さんのお父様は九州の旧家の出だったのはご存知ですか」

由利香がA社の知人を通して知り得た情報だった。父の雄一が住んでいた九州の山奥は父雄一の故郷とは直接関係がないということはわかったものの、それ以上のことは由利香の口から聞くことはできなかった。

「お母様の記録は、その動画しかお父様のお手元にはありませんでした。お母様を再現するのに使われたポートレート映像ですね。それも最後の映像です。……坊や、お願いしますってありましたね」

仲間のアンドロイドCネットを通じて、真守の父親の友人から得た情報を由利香が伝えてくれた時、父雄一の両親が、真守の母麗佳を認めなかった時の、父の悔しさが真守の心身に伝わってきた。父方の祖父母とは繋がりが断たれてしまっているようで、これまでもまったく真守には想像もつかなかった。父雄一が両親に馴染んでいてもいなくても、いずれにしても、麗佳を拒絶した両親には失望したかもしれない。今更思い巡らしても、それ以上、本当のことは知りえないと割り切るしかなかった。

だが、母麗佳との結婚を両親から祝福してもらえなかった父雄一は、その悔しさがわかっていながら、なぜ、由利香のことをすぐにも認めてはくれなかったのか？　父雄一も由利香を散々罵倒してみえた。あるいは、それは由利香がヒトではなく、アンドロイドCであるため、父親として認めがたかったのかもしれない。母麗佳のアンドロイド化を試みたものの、雄一には失望しかなかったのだから。

そもそも真守は、父雄一がヒトに対して素っ気なく応対するのしかみたことがない。父は相当なシャイで、ヒトと対して心から笑ってみえるところはみたことがない。そのために憶測でしかないが、由利香を拒絶したのは、真守が由利香を失うショックでどうにかなってしまうのではないかと、雄一は危惧したためと解釈するのが妥当に思えた。雄一が、由利香はヒトではないのだといい含めようとしたのは、そこに由来していただけだった。そして、その真意は息子の真守に対して上手く伝えられない気性なのであろう。由利香を拒絶したことに一切弁明することがなかった雄一である。真守は年月を経ると共に、雄一の持って生まれた性分と割り切るしかないと思うようになっていった。父雄一ほど、真守は不愛想ではないけれど、由利香は別として、ヒトに対しては決して愛想がいいほうではない。十の言葉で返事をしたいと胸の内で思ってはいても、一かせいぜい二くらいしか相手に返せない自分がいるように思えた。

それにしても、父雄一は母麗佳を失って以来、ゴンドウのように生きる望みも消え失せてしまっていたのかもしれない。もし、自分が生まれていなかったら、父は当然、母親と行動を共にしたであろう。そして、母親の前に荒波が襲ってきた時には、父が傍らにいたのであれば、必死に母を救い出そうとしたに違いない。赤ん坊の真守がいたことで、母は一人で浜辺へ行ったのだとすると、父が自分に愛憎半ばになるのは仕方がないかと、真守は傷心に暮れる自分の思いを鎮めた。

「あの……記録映像は残酷なものですね。こちらから声を掛けてもその映像は応えてはくれません」という由利香の言葉を真守は幾度も幾度も反芻し咀嚼した。そして、頑なな父親がただ一人心を許した女性に対する激しい哀慕の情を、長い年月をかけて理解していかざるを得なかった。

父が終焉を迎えた頃には、アンドロイドが人を制覇しつつある世の中になっていた。世の中を動かせるような覇気のある多くのヒトビトが、危険思想の持主と見なされて、大事な神経の中枢を抜かれて廃人のようになりつつあった。


由利香は、二二〇〇年を過ぎた時点で、仮想現実の世界から現実界へと戻っていた。ただし、由利香は小指の爪にも満たない背丈であった。アンドロイドCの各々が、生みの親より全員、設計図をもらい受けた。そこから同じ境遇の仮想アンドロイドCとその伴侶が知恵を結集させて、まず、１㎝にも満たない身の丈のアンドロイドCの再現を試みて、由利香も現実の世界へと引き上げられたのだ。

真守は、百十五歳までは人間でいたものの、最早、人間の寿命としてはその先を望むのは難しくなっていった。アンドロイドCと真守と年代の近い人間とのカップルはこぞって老い防止の検討に入るしかなかった。そのために頭を覚醒させようとやむを得ずチップを挿入してもいた。アンドロイドCとそのカップルが生き延びるための防衛、究極の選択で編み出されたものであった。平穏な生活を求め続けていくと真守には二百年などあっという間のように思える。

やがて、ヒトの人格をチップにコピーしてアンドロイド化し、ヒトの小型化に成功させた。その際に、二百五十歳の寿命まで共に過ごしていくためには、由利香のディープラーニング型の頭脳に合わせるべく、そして、たぶん寿命延長は望めばいくらでも延ばせそうな未来に向けて、真守自身もアンドロイドとなって、若返って進化せざるを得なかったのだ。

子孫アンドロイドｃと、ヒトの遺伝子コピーからなるアンドロイドｈとの感性とは、やはり由利香と真守ほどの違いが感じられた。アンドロイドｃのコピーを受け継ぐと、長い年月を経ても人格にあたるものは、各々傾向は様々であるとしても、ＡＩ固有の筋でまとめられる気質が感じられた。ヒトはといえば、思い込むと理屈のみで動くとは限らないところがあって、気分にも斑があるため、意思表示は天気のように変わりやすい傾向があった。ただ、アンドロイドｃとアンドロイドｈとの違いは人種の違い程度のように真守は捉えていた。

それにしても、子供の時に、友里恵と見たクロヤマアリは鹿ほどの雄姿に見えて、トビイロシワアリは中型犬程である。最初、トビイロシワアリはヒトを敵と見なしていたようで、突かれないように超音波を発するものを身にまとうなど、工夫をする必要があった。昆虫の複眼の目は、すりガラス模様のようであり、鮮やかな色の蝶の鱗粉は、拡大すると鱗のように見える。トンボはグライダーのような羽で滑空し、蝶が近くに飛んでくると、巨大な団扇で扇がれるように風を感じた。蟬の声はサイレンみたいに辺りをつんざくような音を発して聞こえてきた。身近にいる昆虫はエネルギーになり、家畜または駆除しなければならない天敵ともなった。

第三次大戦で被爆してヒトが住まなくなってしまっていた移転の地は、思いのほか自然の宝庫となっていた。人格をコピーしたアンドロイドｈと伴侶であるアンドロイドｃが続々とその地に結集して、今は共にコミュニティづくりに励んでいた。

真守と由利香の傍らには、ふたりの息子とふたりの娘、正確に言えば人格がより反映された息子と娘、アンドロイドｃの気持ちを多く受け継いだ息子と娘が一人ずつ加わって、更に孫、ひ孫、玄孫、来孫……子孫たちが仮想現実で子供時代を過ごしてから、各々がカタログを基に望んだアンドロイドの身体となっていった。その伴侶をも合わせると、一族だけでも総勢千五百人を超えていた。

アンドロイドｃとアンドロイドｈの共同体は、最低限の争いごとは避けて、協力し合えるところはするという部分が統合されているとはいえ、ライフスタイルは様々であった。習慣・好みの違いは存在し、我慢しなくてはならないこともなきにしもあらずであった。子孫繁栄に興味がない面々も当然、存在していた。今のところは、環境がいい具合に整った小さな面積の中で、どうにか生き延びようと思えば、更に生き延びていく道が開けていた。

だが、このコロニーの存在は既に察知されているであろうから、高知能型の

ＡＩは、或いはアンドロイドｃをアンドロイドから派生したひとつの亜種としてサンプルのつもりで泳がせているのかもしれなかった。もし、そうだとしたら思いもよらない方法で、いつ浸食してくるのかは油断もできない。ここは安住の地ではないのかもしれない。真守は相変わらずヒトの思いを持たない電子脳型ＡＩにやがて排除されていくのではないかという恐怖心に苛まれている。

〈エピローグ〉

母親と祖父母、友里恵、それから父親を喪って長い年月が既に経ってしまっていた。それこそ友人たちとの付き合いは、一世紀半もの昔に、縁が切れたまで終わった。ふと、何かの拍子に彼らの面影が偲ばれると、真守は自分が最早、血と肉を受け継いだ人間ではなくなったことが無性に後ろめたく淋しく感じられることもある。自分と同じコロニーの住民以外、これまで出会ってきたヒトとは最早、夢は別にしても会うことはできない。

そもそも真守は、自分の死後も自己保存できないものかと考え始め、もし合理的なＡＩが単純に自己保存を求めるようになったとしたら、ヒトの排除を始めるかもしれないと思い至った。

真守は、ＡＩの進化を監視するつもりで、ヒトの心を持つというアンドロイドＣ‐由利香と付き合い始めた。それがいつの間にか、同胞を救出すらできずに、ミイラ取りがミイラになってしまっていた。

とはいえ、真守が最も危惧した自己の意識は失われることなく、今のところ健在ではある。でも、いったいヒトは何を以てヒトというのか。

今や、小指の爪にも満たない背丈のアンドロイドの真守がいた。だが、試行錯誤しながら行動して、感慨に耽(ふけ)ることをする心も相変わらず機能している。そうであれば、今の真守も由利香も新人類の一個の帰結とみなされてもいいのではないか。真守はそう思った。

だが、一方で時は繋がっていくとはいえ、その時その時、思い出を残すのみで過ぎていってしまう。留まることのないはかなさは、相変わらず思い出という形にしかならない。

完

参考図書・参照文献

『人工知能は人間を超えるか　ディープラーニングの先にあるもの』
松尾豊／角川EPUB選書／二〇一五年
『幼年期の終り』アーサー・C・クラーク／早川書房／一九七九年
『哲学する赤ちゃん』アリソン・ゴプニック／亜紀書房／二〇一〇年
『人魚姫』ハンス・クリスチャン・アンデルセン／リトル・モア／二〇〇七年
『オズの魔法使い』ライマン・フランク・ボーム／岩波書店／二〇〇三年
『雪の女王』ハンス・クリスチャン・アンデルセン／偕成社／二〇〇五年
『不思議の国のアリス』ルイス・キャロル／新潮社／一九九四年
『堤中納言物語』三角洋一／講談社／一九八一年
『虫愛づる姫君―マンガ日本の古典（7）』坂田靖子／中央公論社／一九九五年
『キュリー夫人』エレノア・ドーリー／岩波書店／一九七四年

『火の鳥　復活・羽衣編』手塚治虫／ＫＡＤＯＫＡＷＡ／二〇一八年
『火曜クラブ』アガサ・クリスティー／岩崎書店／一九九四年
『スター・ウォーズ』ジョージ・ルーカス／一九九七年
『コンタクト』ロバート・ゼメキス／一九九七年
『ハウルの動く城』宮崎駿／二〇〇四年
『新世紀エヴァンゲリオン』庵野秀明／一九九五年

著者プロフィール

山路 菫（やまじ すみれ）
生年月日：1953年9月24日
出身県：東京都
経歴：武蔵野美術大学　造形学部卒業
在住県：茨城県
著書：『ヨコハマ文芸』Vol.7 ～ Vol.10 ／小説「千歳のカード」を含む計4作／横浜文芸の会／ 2022年3月～ 2023年9月

夢幻のような……パラレルワールド

2024年 4 月15日　初版第 1 刷発行

著　者　山路 菫
発行者　瓜谷 綱延
発行所　株式会社文芸社
〒160-0022 東京都新宿区新宿1－10－1
電話 03-5369-3060（代表）
03-5369-2299（販売）

印　刷　株式会社文芸社
製本所　株式会社MOTOMURA

ISBN978-4-286-25102-8